Johann Peter Uz

Lyrische und andere Gedichte

Johann Peter Uz

Lyrische und andere Gedichte

ISBN/EAN: 9783743655713

Hergestellt in Europa, USA, Kanada, Australien, Japan

Cover: Foto ©Andreas Hilbeck / pixelio.de

Weitere Bücher finden Sie auf **www.hansebooks.com**

Lyrische

und

andere Gedichte,

von

Herrn Johann Peter Uz.

Neue und rechtmäßige Auflage.

Anspach und Leipzig.

Zu finden bey Jacob Christoph Posch, 1767.

Diese wenigen Gedichte brauchen keiner weitläuftigen Vorrede. Ein großer Theil derselben ist nicht neu, sondern schon seit einiger Zeit gedruckt. Es sind die lyrischen Gedichte, die in den zweyen ersten Büchern dieser Sammlung enthalten sind, mehrentheils vor fünf Jahren bereits von einem berühmten Freunde zum Drucke befördert, itzo aber nochmals sorgfältig durchsehen, und vieles daran geändert, wo nicht verbessert worden. Im dritten und vierten Buche befinden sich dieienigen Lieder, welche die lyrische Muse erst nach iener Sammlung gedichtet hat. Sie sind in der Ordnung verfertigt worden, wie sie hier stehen.

Der Sieg des Liebesgottes hat ebenfalls schon im abgewichenen Jahre die Presse verlassen; da hingegen die vier angehangnen Briefe sich zum erstenmal der öffentlichen Critik darstellen.

Es ist gar kein Zweifel, daß ohngeachtet aller angewandten Mühe noch sehr viel an allen diesen Stücken mit Grunde getadelt werden könne. Die ausbessernde Hand des Dich-

ters

ters selbst ist mehr aus Müdigkeit, als in der zen Einbildung, daß nunmehr alles vollkommen sey, zurückgezogen worden.

Da übrigens der deutsche Parnaß mit sich selbst uneinig und in gewisse Secten getrennet ist: so kann kein heutiger Dichter sich einen gewissen und allgemeinen Beyfall versprechen. Er wird allezeit von einigen getadelt werden, bloß weil er von andern gelobet wird. Es könnte leicht kommen, daß diese Gedichte noch ein härteres Schicksal zu gewarten hätten, und vielleicht dem Dichter aus dem Petronius zugeruffen würde:

Adolescens, sermonem habes non publici saporis.

Sollte er aber bloß deswegen mit seinen Meinungen, in Sachen, die den guten Geschmack betreffen, geheuchelt haben, weil sie von den Grundsätzen anderer angesehenen Kunstrichter abgehen?

Wie er sich selbst der im Reiche der Wissenschaften hergebrachten Freyheit, seine Gedanken offenherzig herauszusagen, mit Bescheidenheit bedienet hat: so wird es ihm auch nicht zuwider seyn, wenn andere sich einer gleichen Freyheit gegen ihn selbst gebrauchen. Er wird sich zu belehren suchen, wo er Unterricht findet, und wo er diesen nicht findet, wenigstens zu schweigen wissen.

Inn=

Innhalt.

Lyrische Gedichte.

Erstes Buch.

X 3   Das

Ein

Viertes Buch.

Die

Der Sieg des Liebesgottes,

ein Gedicht.

Briefe.

Lyrische Gedichte

in
Vier Büchern.

Erstes Buch.

An Herrn Secretär Gleim.

ein Gleim, der in beglückter luft
Mich halben Wilden oft bedauert,
Mich oft aus dieser Wüste ruft,
Wo noch mein Saitenspiel an dürren
            Sträuchen trauert!

Wie reizet mich der Musen Ruhm,
Die um die stolze Spree erwachen,
Wo ihr verfallnes Heiligthum
Mit neuem Glanze strahlt, und Rosen ihnen lachen!

Denn höre, was dein Freund hievon,
Bey dieses Glückes Anbruch, hörte,
Am blumenvollen Helicon,
Als tief im Lorbeerwald ihn Pindar einsam lehrte.

Den Hayn durchflog ein Lustgesang;
Die heilge Stille wich von hinnen:
Ich sah, indem ich näher drang,
Ich sah den Musengott und alle Pierinnen.

Sie sungen voll zufriedner Lust;
Der nectarvolle Becher glänzte;
Es reichten ihn, mit nackter Brust,
Die jungen Grazien, die Ros' und Myrth umkränzte.

Bald schlossen Alle Hand in Hand;
Ein Reihentanz ward angefangen:
Da floß ihr unbewahrt Gewand
In Thau und Blumen hin; es brannten ihre Wangen.

Mit Recht war iede Muse froh:
Dein König hieß die Waffen schweigen.
Wer hoffte nicht, als Mavors floh,
Nun würde Friedrichs Huld sich zu den Musen neigen?

Und gleich lud Fama, froh erhitzt,
Sie nach Berlins gewünschten Auen:
Dort, Musen! sprach sie, sollt ihr itzt
Athen zum andernmal im alten Flore schauen.

Sie

Sie sprach und floh; und Phöbus fiel
Mit rascher Hand in seine Saiten:
Er sang und ließ sein Saitenspiel,
Voll Nectars und voll Lust, sein göttlich Lied begleiten:

Beglücktes Reich! der Länder Zier!
Brach Phöbus aus; und alles lauschte:
Es schwieg das lüsterne Revier;
Es schwieg der laute West, der in den Lorbeern rauschte.

Ja! fuhr er fort, beglücktes Reich,
Wo Friedrich herrscht, wie Väter pflegen,
Gleich groß und stets Minerven gleich,
Es schwinge seine Faust den Oelzweig oder Degen!

Ich seh ihn! welch ein kühner Held!
Der schnelle Sieg fliegt ihm zur Seite.
So kommt der Kriegsgott aus dem Feld;
So furchtbar glüht sein Blick, entflammt vom wilden
Streite!

Doch Friedrich will geliebet seyn:
Er wird bald müde, stets zu schrecken;
Und hängt im nahen Palmenhayn
Die güldnen Waffen auf, die Staub und Blut bedecken:

Und wirft sich, da der Sieg ihm lacht,
Dem Frieden in die holden Arme,
Da neben ihm die Weisheit lacht,
Voll Glanzes und umringt von kluger Freuden
                   Schwarme.

Wie wird nunmehr die güldne Zeit
In seinen Staaten sich verjüngen,
Und überall Zufriedenheit
Und reicher Ueberfluß die sichren Flügel schwingen!

Drum eilt auch ihr an Friedrichs Brust,
Ihr Musen, mit dem ächten Witze!
Er winket euch! seyd seine Lust,
Und weicht hinfort nicht mehr vom königlichen Sitze:

Und lehrt am ewigen Berlin,
Das auf die Welt bewundernd schauet,
Wie herrlich alle Künste blühn,
Wenn ein Monarch sie pflegt, und Gnade sie bethauen.

Der

Der Frühling.

Ich will, vom Weine berauscht, die Lust der Erde
besingen,
Ihr Schönen! eure gefährliche Lust,
Den Frühling, welcher anitzt, durch Florens Hände be-
kränzet,
Siegprangend unsre Gefilde beherrscht.

Fangt an! ich glühe bereits; fangt an, holdselige Sai-
ten!
Entzückt der Echo begieriges Ohr!
Tönt sanft durchs ruhige Thal! da lauschen furchtsame
Nymphen,
Nur halb durch junge Gesträuche bedeckt.

Wer kommt von Hügel herab, voll unaussprechlicher
Anmuth,
Dem Glanz die fröhliche Stirne bestrahlt,
Den Philomele begrüßt? Ihm düften frühe Violen;
Ihm grünt der Erde beschattete Schoos.

Wunsch meiner Muse, du kommst! O Frühling,
Wonne Dionens,
Du kommst, vom feurigen Amor umarmt!
Und Amors muthige Faust schwingt siegbegierige
Pfeile:
Die stolzen Sterblichen huldigen ihm.

A 4   Ein

Ein Schwarm der Freuden ereilt vor dir muthwilli-
ge Weste,
In Tänzen, welche die Flöte belebt:
Vor dir scherzt Hebe dahin: es lachen lauere Lüfte
Dich, Kind der Sonne! gefälliger an.

Durchzeuch nicht länger, o Nord! verheerend unsre
Gefilde!
Entfleuch nach ewigem Eise zurück:
Weil nun der schönere Lenz, den Zephyrs Fittige küh-
len,
Siegprangend unsre Gefilde beherrscht!

Sie blühn, vom Thaue beperlt, und Anmuth lachet
in allen;
Es lacht die ganze smaragdene Flur,
In deren Arme so oft, bey frischer Bäche Geschwätze,
Der Schlaf mein williges Auge beschleicht.

Berg, Thal und Aue besät der Blumen prächtige
Menge:
Voll Stolz auf ihre beliebte Gestalt,
Bückt sich doch iede daselbst vor dir, du Bluhme
Lyäens,
Die süssem Scherze geheiliget ist!

Schmückt

Schmuck iſt mein finſteres Haar! Wenn du mich,
　　　　　　Roſe! bekränzeſt,
　Und Bacchus meine Geſänge beſeelt:
Flieht ſchnell mein trauriger Ernſt; da klingt die Lau-
　　　　　　te bezaubernd
　In meiner Muſe geſchäftigen Hand.

Sie ſelbſt auch werde bekränzt, die nicht mehr
　　　　　　ſchläfrige Laute:
　Denn itzt (willkommen, o liebliche Zeit!)
Erwacht der frohe Geſang, und ieb' entſchlafene Cyther
　Iſt auf erhabnere Töne bedacht:

Und auch die ganze Natur fühlt ſich aufs neue be-
　　　　　　geiſtert,
　Da ſich die Sonne der Erde genaht;
Und iedes froſtige Thal, ſo Wald, als grüne Gebürge
　Sind reg, und alle Gefilde belebt.

Drum iſt die Stille geflohn, auch aus dem heiligen
　　　　　　Hayne;
　Der Lärm regieret im heiligen Hayn:
Bald rauſcht ein fröhliger Hirſch, der ſich im Fluſſe
　　　　　　gebadet,
　Durch friſchbethaute Gebüſche zurück:

Bald tönt durchs düstre Revier die Brunst unbändi-
                       ger Heerden:
     Wie girrt die zärtere Taube so sanft!
Wie seufzt vom Laube bedeckt, Pandions einsame Toch-
                       ter,
     Wann kaum die nächtliche Stille beginnt!

Denn alles fühlet anitzt des Frühlings mächtige
                       Triebe:
     Nun hat der Liebe gefürchteter Arm
Was blauer Lüfte Gebiet und Meer und Erde bewohnet,
     Nur dich nicht, stolze Dorinde! besiegt.

Doch Amor bändige dich! Er kommt zum Kampfe
                       gerüstet,
     Und hat die blutige Sehne gespannt.
Wie will ich seine Gewalt, bey frohem Weine, besingen,
     Wann du einst seine Triumphe gemehrt!

An Chloen.

O Chloe! höre du
Der neuen Laute zu,
   Die iüngst, bey stiller Nacht,
Mir Cypripor gebracht.
Nimm diese, war sein Wort,
Statt iener Stolzen dort!
Die buhlt so lange schon
Um Pindars hohen Ton:
Doch da sie Siegern fröhnt,
Wird sie und du verhöhnt.

   Thu, wie der teier Greis,
Der keines Helden Preis
In seine Leyer sang,
Die nur von Liebe klang.
Er sang voll Weins und Lust
Und an der Mädchen Brust.
Da sann er auf ein Lied,
Das noch die Herzen zieht:
Das machten ihm alsdenn
Ich und die Grazien.

Verfolge seine Spur;
Er folgte der Natur.
Du sollst bey Lieb und Wein,
Wie er, mein Dichter seyn.
Inäen kennst du schon;
Doch nicht Cytherens Sohn.
Dir mache, wer ich bin,
Die schöne Nachbarinn
Und meine schnelle Hand
Durch diesen Pfeil bekannt.

Kaum sprach der Bube so,
So schoß er und entfloh;
So fühlte schon mein Herz
Noch ungefühlten Schmerz;
So sah ich voll Begier,
O Chloe! nur nach dir.
Nun siege wer da will!
Mein neues Saitenspiel
Soll nur dem frohen Wein
Und Chloen heilig seyn.

✳✳✳✳✳✳✳✳✳✳✳✳✳✳✳✳✳✳✳✳

An Chloen.

Die Munterkeit ist meinen Wangen,
    Den Augen Glut und Sprach entgangen;
    Der Mund will kaum ein Lächeln wagen;
Kaum will der welke Leib sich tragen,
Der Bluhmen am Mittage gleicht,
Wann Flora lechzt und Zephyr weicht.

Doch merk ich, wann sich Chloe zeiget,
Daß mein entflammter Blick nicht schweiget,
Und Suaba nach den Lippen flieget;
Ein glühend Roth im Antlitz sieget,
Und alles sich an mir verjüngt,
Wie Bluhmen, die der Thau durchdringt.

Ich seh auf sie mit bangem Sehnen,
Und kann den Blick nicht weggewöhnen:
Die Anmuth, die im Auge wachet
Und um die jungen Wangen lachet,
Zieht meinen weggewichnen Blick
Mit güldnen Banden stets zurück.

Mein Blut strömt mit geschwindern Güssen;
Ich brenn, ich zittre, sie zu küssen;
Ich suche sie mit wilden Blicken,
Und Ungeduld will mich ersticken,
Indem ich immer sehnsuchtsvoll
Sie sehn und nicht umarmen soll.

An

An Chloen.

Weis Chloe mein geheim Verlangen?
  Verrieth mein Auge mich vielleicht,
  Das nach den Rosen ihrer Wangen
Durch manchen Umweg lüstern schleicht?
Ihr Blick begegnet meinem Blicke:
Ihr Auge sieht mich schalkhaft an,
Oft nur im Flug und schnell zurücke;
Doch daß ich es bemerken kann.

  Oft blitzen, von Gefahr begleitet,
Die blauen Augen frey auf mich,
Aus welchen Amor mich bestreitet,
Der stets aus ihnen siegreich wich.
Ich kann die Grazien darinnen
Ein schmeichelnd Lächeln bilden sehn:
Das überraschet meine Sinnen;
Wie kann das Herz ihm widerstehn?

  Kein Schnee gleicht ihres Armes Weisse,
Der vor dem Fenster in der Luft,
Mit einem ungewohnten Fleisse,
So sinnreich meiner Sehnsucht ruft!
Nun schaut sie rückwärts, doch gestrecket,
Bis sich die volle Brust empört,
Und halb entwischt, und, unverdecket,
Auch eines Cato Runzeln stört.

Jc

Ich aber steh und strampf und glühe,
Flieg in Gedanken hin zu ihr,
Und sehe, mit verlohrner Mühe,
Mich unstät, aber immer hier:
Weil, bis mich Glück und Freundschaft retten,
Die oft ein langer Schlaf befällt;
Mich hier mit diamantnen Ketten
Das Schicksal angefesselt hält.

An Chloen.

Cytherens muntrer Sohn
    Hat nun so lange schon,
      So manche lange Nacht,
Auf meinem Schoos gelacht.
Sang meine Muse doch
So ziemlich artig noch.
Oft hielt ihn schon im Lauf
Ihr schmeichelnd Liedchen auf.

    Oft lockte Chloens Blick
Liebkosend ihn zurück.
Nun locket sie nicht mehr,
Und zürnt, wer weis wie sehr!
Der Schalk aus Paphos gähnt,
Der, da mein Auge thränt,
Und keine Muse singt,
Sein leicht Gefieder schwingt.

    Halt, wenn er mich verläst,
Du deinen Sklaven fest!
Er wird gehorsam seyn,
Und, Chloe! dir allein,
Die du ihm Venus bist,
Auch wenn er zornig ist.
Ein holder Blick von dir
Versöhnet ihn mit mir.

Ein

Ein Traum.

O Traum, der mich entzücket!
Was hab ich nicht erblicket!
Ich warf die müden Glieder
In einem Thale nieder,
Wo einen Teich, der silbern floß,
Ein schattigtes Gebüsch umschloß.

Da sah ich durch die Sträuche
Mein Mädchen bey dem Teiche.
Das hatte sich, zum Baden,
Der Kleider meist entladen,
Bis auf ein untreu weiß Gewand,
Das keinem Lüftchen widerstand.

Der freye Busen lachte,
Den Jugend reizend machte.
Mein Blick blieb lüsternd stehen
Bey diesen regen Höhen,
Wo Zephyr unter Liljen blies,
Und sich die Wollust greifen ließ.

Sie fieng nun an, o Freuden!
Sich vollends auszukleiden:
Doch, eh' es noch geschiehet,
Erwach ich und sie fliehet.
O schlief ich doch von neuem ein!
Nun wird sie wohl im Wasser seyn.

Der

Der Morgen.

Auf! auf! weil schon Aurora lacht;
   Ihr Gatten junger Schönen!
   Ihr müßt nunmehr, nach fauler Nacht,
Dem Gott der Ehe fröhnen.
Erneuert den verliebten Zwist,
Der süsser, als die Eintracht ist,
Nach der sich Alte sehnen.

Ists möglich, daß, geweckt von Lust,
Ein Gatte nicht erwache?
Daß eine nahe Liljen-Brust
Ihn nicht geschäftig mache?
Indeß schwebt um der Gattinn Haupt
Der Morgentraum, mit Mohn umlaubt;
Ihr träumt von eitel Rache.

Dort, wo Cytherens waches Kind
Den Schlaf von Bette scheuchet;
Dort rauschts, wie wann ein Morgenwind
Bethautes Laub durchstreichet.
Dort lauscht auch meine Muse nun,
Die, wie die Mädchen alle thun,
Verliebte gern beschleichet.

Der

Der Vorhang weicht: welch reizend Weib!
Ich sehe Venus liegen,
Und leichten Flohr den Marmorleib
Verrätherisch umfliegen.
Wie sucht ihr Blick, der kriegrisch glüht,
Wie sucht er, wenn der Streit verzieht,
Streit, Gegner und Vergnügen!

Du itzo noch verliebtes Paar,
Was mangelt deinem Glücke?
Ich werde selbst entzückt, gewahr,
Daß Hymen auch entzücke,
Die Muse sieht hinweg und weicht:
Doch manchmal und verstohlen schleiche
Ein halber Blick zurücke.

Mor=

Morgenlied der Schäfer.

Die düstre Nacht ist hin,
  Die Sonne kehet wieder.
    Ermuntre dich, mein Sinn!
Und dichte Freudenlieder.
Die ihr, wann Hirten flehn,
Ein willig Ohr gewähret,
Ihr Götter! laßt geschehn,
Was itzt mein Mund begehret.

  Gebt mir ein weises Herz,
Das allen Gram verfluche;
Und mehr den Jugendscherz,
Als Gold und Sorgen suche.
Es rufe nie die Nacht
Den güldnen Tag zu Grabe,
Bis ich beym Wein gelacht,
Das ist, gelebet habe.

  Schützt Amors frohes Reich,
Schützt unsre frohen Reben,
Daß Lieb und Wein zugleich
Stets iedes Herz beleben.
Wird Wasserbad und List
Inäens Gottheit schwächen;
Wird stündlich nicht geküßt:
So wollet ihr es rächen!

Die

Nie müss' ein artig Kind
Die wilde Strenge lieben!
Nur die nicht artig sind,
Laßt Grausamkeiten üben!
Auch segnet nun den May,
Der manche zärtlich machte;
Daß keine Schöne sey,
Die nicht nach Küssen schmachte.

Wenn mancher, den ihr wißt,
Sich doch verläugnen könnte,
Daß, was ihm unnütz ist,
Er seinem Nächsten gönnte!
Was soll der schwache Mann
Beym jungen Weibchen keichen?
Was er nicht brauchen kann,
Das laß er meines gleichen.

So müsse meine Brust
Ein ieder Tag entzücken,
Und eine frische Lust
Mit ieder Nacht beglücken!
Bey Mädchen und bey Wein,
Mit Bluhmen um die Haare,
Will ich euch dankbar seyn,
Im Frühling meiner Jahre.

Früh=

Frühlingslust.

Seht den holden Frühling blühn!
Soll der ungenossen fliehn?
Fühlt ihr niemals Frühlingstriebe?
Freunde! weg mit Ernst und Leid!
In der frohen Bluhmenzeit
Herrsche Bacchus und die Liebe!

Die ihr heute scherzen könnt,
Braucht, was euch der Himmel gönnt,
Und wohl morgen schon entziehet!
Lebt ein Mensch, der wissen mag,
Ob für ihn ein Frühlingstag
Aus Aurorens Armen fliehet?

Hier sind Rosen! Hier ist Wein!
Soll ich ohne Freude seyn,
Wo der alte Bacchus lachet?
Herrsche, Gott der Frölichkeit!
O es kommt, es kommt die Zeit,
Die zur Lust uns träge machet,

B 4   Aber

Aber Phyllis läßt sich sehn!
Seh ich Amorn mit ihr gehn?
Ihm wird alles weichen müssen.
Weiche, Wein! Wo Phyllis ist,
Trinkt man seltner, als man küßt!
Bacchus, weg! ich will nun küssen.

Die

Die Zufriedenheit.

Ein Geist, der sich zu keiner Zeit
   In feiger Ungeduld verlieret,
Und stets die Weisheit hört, die, wie das
     Glück uns führet,
Mit Rosen ieden Pfat bestreut:

Freund! ein wahrhaftig weiser Geist
Fühlt kaum die halbe Last der Plagen,
Und lacht bey trüber Luft in angenehmern Tagen,
Als Thoren, die man glücklich preist.

Schilt nicht des Himmels Tyranney,
Von ihm kommt unser wenigst Leiden.
Kein Zustand ist so hart: ein Chor der stillen Freuden
Gesellt sich ihm mitleidig bey.

Wir fröhnen thörichter Begier,
Die auch bey nahen Quellen schmachtet.
Vergnügen beut sich an: umsonst! es wird verach-
               tet;
Nur was uns flieht, verfolgen wir.

B 5   Zu

Zu ekel sind wir, uns zur Pein:
Wir lassen West und Sommer weichen,
Und wollen, wann sie fliehn, in schattigten Gesträuchen,
Und murmelnd Wasser fröhlig seyn.

Der warme Frühling kommt zurück:
Da braucht ein Weiser ihn beyzeiten.
Er läßt Vernunft allein die blinden Wünsche leiten,
Und wünscht kein schimmerreiches Glück.

Kein stolzer Schein bethört sein Herz:
Er schätzt nicht bloß ein theures Lachen;
Und kan des Pöbels Wahn durch sich zu schanden ma-
                                              chen,
Ob flöh uns Arme Lust und Scherz.

Weil ich nicht prächtig schmausen kann,
Soll ich nicht fröhlig schmausen können?
Will Flora, für mein Haar, mir holde Rosen gönnen;
Was geht der Fürsten Pracht mich an?

Was hilfts zur Lust, wann ihre Wand
Sich in gewürktes Gold verhüllet,
Und ein Bedienten-Schwarm die Marmorsäle füllet,
Mit güldnen Schüsseln in der Hand?

                                        Sieh

Sieh hin, wo keine Macht gebricht!
Man gähnt auch mitten im Gedränge;
Der Necktar Jupiters, der Speisen ekle Menge,
Die fesseln, ach! die Freude nicht.

Die Freude, des Lyäus Kind,
Entflieht unruhigen Pallästen,
Und schwärmt zu Hütten hin, die nur gewählten Gästen,
Nur dir, o Freundschaft! heilig sind.

Fleußt nicht für sie der Reben Blut,
Die Chios edle Berge schwärzen?
Auch Bacchus unsers Rheins flößt in zufriedne Herzen
Vertraulichkeit und guten Muth.

Wo Bacchus lacht, wer bleibt betrübt?
Der Gott begeistert aller Busen,
Und läßt den Satyr los, und lädt die muntern Musen
Und Amorn, der die Musen liebt:

Und Lieder der Zufriedenheit
Ertönen aus dem trunknen Munde;
Bis, nach durchscherzter Nacht, die kühle Morgenstunde
Die Schatten und den Schmaus zerstreut.

Ma-

Magister Duns.

Magister Duns, das grosse Licht,
    Des deutschen Pindus Ehre,
    Der Dichter, dessen Muse spricht,
Wie seine Dingerlehre;
Der lauter Metaphysik ist,
Und metaphysisch lacht und küßt;
Ließ jüngst bey seiner Schönen
Ein zärtlich Lied ertönen.

Er sang: o Schmuck der besten Welt!
Du Vorwurf meiner Liebe!
Dein Aug ists, das den Grund enthält
Vom Daseyn meiner Triebe.
Die Monas, die in mir gedenkt,
Vermag, in deinen Reiz versenkt,
Die blinden Sinnlichkeiten
Nicht länger zu bestreiten.

Drauf nannt er gründlich hier und dort
Den Grund des Widerspruches,
Und noch so manches Modewort,
Die Weisheit manches Buches.
Der Mann bewies, wie sichs gehört,
Und bat, abstract und tiefgelehrt,
Durch schulgerechte Schlüsse
Um seiner Chloris Küsse.

Das

Das arme Kind erschrack und floh;
Die Grazien entsprungen.
Kein Dichter hatte noch also,
Seit Musen sind, gesungen,
Bey Hecatens erbleichtem Schein
läßt murmelnd im erschrocknen Hayn
Ein Meister im Beschwören
Dergleichen Lieder hören.

Das Mädchen eilt ins nahe Thal,
Aus diesem Zauberkreise.
Da sang Damöt von gleicher Qual;
Doch nach der Schäfer Weise.
Sein Lied, bey manchem stillen Ach!
Floß heiter, wie der sanfte Bach,
Und floß ihm aus dem Herzen,
Der Quelle seiner Schmerzen.

Ihm wollte Chloris nicht entfliehn;
Ihm ward ein Kuß zu Lohne.
Die Musen selbst belohnten ihn
Mit einer Myrthenkrone.
So sinnlich schätzt man ein Gedicht!
O Musen! Musen! wollt ihr nicht
Vom Pöbel euch entfernen,
Und Metaphysik lernen?

Die

Die Wünsche.

Welche Gottheit soll auch mir
Einen Wunsch gewähren?
Unentschlossen irr ich hier
Zwischen den Altären.

Sorgen schwärmen rund herum
Um den Gott der Schätze;
Und der Ehre Heiligthum
Liegt voll falscher Netze.

In der Schönheit Schoose liegt
Amor, der mit Küssen
Sich an ihren Busen schmiegt,
Da wir zittern müssen.

Amor soll willkommen seyn;
Doch will ich nur lachen;
Und er muß bey meinem Wein
Mich nicht irre machen.

Ruhm und du, geflügelt Gold!
Ich entsag euch beyden.
Wenn ihr selbst mich suchen wollt;
Will ich euch nicht meiden.

An Amor.

Amor, Vater ſüſſer Lieder,
   Du mein Phöbus, kehre wieder!
   Kehre wieder in mein Herze!
Komm! doch mit dem ſchlauen Scherze:
Komm und laß zugleich Lyäen
Dir zur Seite lachend gehen!
Komm mit einem holden Kinde,
Das mein träges Herz entzünde,
Und durch feuervolle Küſſe
Zum Horaz mich küſſen müſſe!
Willſt du, Gott der Zärtlichkeiten!
Laß auch Schmerzen dich begleiten:
Ich will lieber deine Schmerzen,
Als nicht küſſen und nicht ſcherzen.

Die

Die Muse bey den Hirten.

Dartigste der Musen
 Um deren vollen Busen
 Die frischen Rosen düften!
Willst du auf unsern Triften
Mit armen Hirten weiden,
Und aus den Städten scheiden?

Ich bin der Stadt entgangen:
Da war ich wie gefangen.
Da will man Musen dingen:
Sie sollen iedem singen,
Bey ieder Hochzeit leyern,
Und Namenstage feyern.
Bey euch lacht meinen Saiten
Die Freyheit güldner Zeiten:
Ich mag die güldnen Saiten
Dem Pöbel nicht verdingen:
Ich mag nicht iedem singen.

O Muse, sey gegrüsset!
Hier, wo man lacht und küsset,
Laß unter Nachtigallen
Dein süsses Lied erschallen!

Das

Das bedrängte Deutschland.

Wie lang zerfleischt mit schwerer Hand
Germanien sein Eingeweide?
Besiegt ein unbesiegtes Land
Sich selbst und seinen Ruhm, zu schlauer Feinde Freude?

Sind, wo die Donau, wo der Mayn
Voll fauler Leichen langsam fließet;
Wo um den rebenreichen Rhein
Sonst Bacchus fröhlich gieng, und sich die Elb' ergießet:

Sind nicht die Spuren unsrer Wuth
Auf jeder Flur, an jedem Strande?
Wo strömte nicht das deutsche Blut?
Und nicht zu Deutschlands Ruhm: Nein! meistens ihm
zur Schande!

Wem ist nicht Deutschland unterthan!
Es wimmelt stets von zwanzig Heeren:
Verwüstung zeichnet ihre Bahn;
Und was die Armuth spart, hilft Uebermuth verzehren.

Vor ihnen her entflieht die Luſt;
Und in den Büſchen oder Auen,
Wo vormals an geliebter Bruſt
Der ſatte Landmann ſang, herrſcht Einſamkeit und
Grauen.

Der Adler ſieht entſchlafen zu,
Und bleibt bey ganzer Länder Schreyen
Stets unerzürnt in träger Ruh,
Entwaffnet und gezähmt von falſchen Schmeicheleyen.

O Schande! ſind wir euch verwandt,
Ihr Deutſchen jener beſſern Zeiten,
Die feiger Knechtſchaft eiſern Band
Mehr, als den härtſten Tod im Arm der Freyheit
ſcheuten?

Wir, die uns kranker Wolluſt weihn,
Geſchwächt vom Gifte weicher Sitten;
Wir wollen deren Enkel ſeyn,
Die, rauh, doch furchtbar frey, für ihre Wälder ſtritten?

Die Wälder, wo ihr Ruhm nach itzt
Um die bemooſten Eichen ſchwebet,
Wo, als ihr Stahl vereint geblitzt,
Ihr ehrner Arm geſiegt und Latium gebebet?

Wir

Wir schlafen, da die Zwietracht wacht,
Und ihre bleiche Fackel schwinget,
Und, seit sie uns den Krieg gebracht,
Ihm stets zur Seite schleicht, von Furien umringet.

Ihr Natternheer zischt uns ums Ohr,
Die deutschen Herzen zu vergiften;
Und wird, kommt ihr kein Hermann vor,
An Hermanns Vaterland ein schmählig Denkmaal
                                        stiften.

Doch mein Gesang wagt allzuviel!
O Muse! fleuch zu diesen Zeiten
Alkäens kriegrisch Saitenspiel,
Das die Tyrannen schalt, und scherz auf sanftern Saiten.

Der

An die lyrische Muse.

Wohin, wohin reißt ungewohnte Wuth
   Mich auf der Ode kühnen Flügeln,
   Fern von der leisen Fluth
Am niedern Helicon und ienen Lorbeer-Hügeln!

Ich fliehe stolz der Sterblichen Revier;
Ich eil in unbeflogne Höhen:
   Wie keichet hinter mir
Der Vogel Jupiters, beschämt mir nachzusehen!

In Gegenden, wo mein entzücktes Ohr
Der Sphären Harmonie verwirret,
   O Muse! fleug mir vor,
Du, deren freyer Flug oft irret, nie sich verirret!

Ich folge dir bald bis zur Sonne hin,
Bald in den ungebahnten Haynen
   Mit übers Priesterinn,
Wo keine Muse gieng und andre Sterne scheinen.

An

An deiner Hand, wann mich Inåus ruft,
Was kann den kühnen Dichter schrecken?
In welch entfernter Kluft
Wird meiner Leyer Scherz ein schlafend Echo we-
cken.

Denn nun von Lust erklingt mein Saitenspiel,
Und nicht von leichenvollen Sande,
Von kriegrischem Gewühl
Und vom gekrönten Sieg im blutigen Gewande.

Die Zeit ist hin, da unter stolzer Lust,
Mit Lorbeern, wie ihr Held, bekränzet
Und oft an seiner Brust
Die Muse Nectar trank, durch die er ewig glän-
zet.

Wie Phosphor glänzt, der um den Morgen-
thau
Aus Thetis Urmen sich entziehet,
Und ans gestirnte Blau'
Mit heitrem Lächeln tritt, und vom Olympe sie-
het.

C 3 Ein

Ein Sternenheer, das letzte Chor der Nacht,
Traurt um ihn her in mattem Lichte:
Die muntre Welt erwacht,
Und Schlaf und Schatten fliehn vor seinem Angesichte.

Zwey-

Zweytes Buch.

Das Glück.

Falsches Glück, das unter finstern Sträu-
chen
Sich verbirgt, wo kühne Tücke schlei-
chen!
Sollt', o Abgott niedrer Seelen!
Sollt ich mich in deinem Dienste quälen?

Dich wird nie die scheue Tugend finden;
Du wirst stets vor ihrem Blick verschwinden:
Aber auf beblühmten Wegen
Taumelst du den Thoren selbst entgegen.

Kann ich mich doch ohne dich vergnügen!
Und wie schnell muß alles Leid verfliegen,
Wenn ich unter Freunden singe!
Höre selbst, wie meine Cyther klinge!

C 4   Wen

Wen besing ich, als den Gott der Reben?
Diese Rosen, dir mein Haupt umgeben,
Dieser Gläser frohe Menge
Sind ihm heilig, und er liebt Gesänge.

Faunen! tanzt vor mir mit frohen Springen!
Von Idäens Liebe will ich singen:
Seine Schöne war noch blöde,
War voll Unschuld und aus Unschuld spröde.

Aber Bacchus wurde kaum zur Traube;
O wie lüstern nahm sie ihn vom Laube!
Sie beglückte seine Triebe;
Und noch immer dient sein Wein der Liebe.

Süsser Ton! wem sollt er nicht gefallen?
Nur von Lust soll meine Cyther schallen,
Wenn ich hier am kühlen Bache,
Hingestreckt auf weichen Bluhmen, lache:

Hier im Busch, in sichren Finsternissen,
Wo ich oft, berauscht von Wein und Küssen,
Die ich um kein Glück vertausche,
An der Phyllis vollem Busen lausche.

Fah.

Fahre hin, du sorgenreiches Glücke!
Wer dich kennt, buhlt nicht durch Bubenstücke
Um das flüchtige Vergnügen,
Dir im Schoos, verliebt im Rauch, zu liegen.

Wenn kein Ruhm, mit Lorbeern stolz bedecket,
Wenn kein Gold mein Lebensziel erstrecket;
Wenn ich nicht vergnügter küsse:
Miß ich viel, wenn ich nur dich vermisse?

Die

Die Weinlese.

Willkommen, Weinles, unsre Freude!
  Sey ewig unser grosses Fest!
   Wie iauchzen wir, nach langem Leide,
Daß Bacchus uns nicht gar verläßt!
Du schenkest uns das Mark der Reben,
Den Greis und Jüngling zu erfreun.
Ja, ia! nun mag ich wieder leben:
Was ist ein Leben ohne Wein?

Der Erdkreis drohte zu vergehen:
Denn, ach! die Rebe stund betrübt.
Nun fließt ihr Nectar auf den Höhen,
Der allem neues Leben giebt.
Erfrorne Dichter, singt nun wieder!
Will keine Muse günstig seyn?
Iyäus lehret bessre Lieder:
Nichts ist so sinnreich, als der Wein.

Verſchmachtend lag mit ſchlaffem Bogen
Die matte Liebe hingeſtreckt.
Wie muthig iſt ſie aufgeflogen,
Nachdem ſie jungen Wein geſchmeckt!
Er hilft ihr ſeine Freunde krönen:
Es iſt bequem, ihr Weib zu ſeyn:
Sie küſſen immer treue Schönen;
So überredend iſt ihr Wein!

Iſmenen quält ein träger Gatte,
Der ganze Nächte ſchlafen kann.
Weil Amor nicht geholfen hatte,
So ruft ſie Vater Bacchum an.
Der alte zecht, wird loſ' und herzet,
Und ſchläft erſt ſpät und küſſend ein.
Daß der mit halber Jugend ſcherzet;
O Wunder! thut es nicht der Wein?

Der Wein kann alles möglich machen:
Dir, Wein, ſey dieſer Tag geweiht!
Es herrſche Scherz, Geſang und Lachen;
Man zech' aus frommer Dankbarkeit!
Was fehlt? Ihr Freunde, nur noch eines!
Den frohen Amor ladet ein:
Denn Amor iſt ein Freund des Weines,
Und ohne Küſſe ſchmeckt kein Wein.

Die

Die alten und heutigen deut-
schen Sitten.

Wie wenig gleichen wir den Alten!
Was wir für ungesittet halten,
Hieß ihnen Männlichkeit.
Nur wenig ächte deutsche Bräuche
Sind unveriährt im deutschen Reiche
Zu unsrer Zeit.

Zusammen kommen, um zu zechen,
Bis alle Zungen stammelnd sprechen,
Hieß ihnen Fröhlichkeit.
Noch schwingt bey manchem Freudenmahle
Inaus drohende Pocale
Zu unsrer Zeit.

Doch Recht und Menschheit nicht verletzen,
Auch bey ermangelnden Gesetzen,
Hieß ihnen Billigkeit.
Ich finde mehr gelehrt Geschwätze,
Sehr wenig Tugend, viel Gesetze
Zu unsrer Zeit.

Daß

Daß sich getreue Weiber funden,
Die auch dem Golde widerstunden,
Hieß keine Seltenheit.
Man sagt, zur Schande karger Reichen,
Es geb auch etliche dergleichen
Zu unsrer Zeit.

Doch auch, wann Reiz und Jugend blühen,
Vom Kuß nichts wissen, ihm entfliehen,
Hieß ihnen Ehrbarkeit.
Die ist nur eine Schäfertugend
Und abgeschmackt an muntrer Jugend
Zu unsrer Zeit.

Daß stets der kühne Junker jagte,
Auch eh es auf den Bergen tagte,
Hieß ihnen Streitbarkeit.
Noch jagt und schmaust er um die Wette,
Indeß besorgt ein Freund sein Bette,
Zu unsrer Zeit.

Doch Ansehn und erhabne Würden
Nur auf verdiente Schultern bürden,
Hieß ihnen Schuldigkeit.
Zu Aemtern kann ein ieder kommen,
Die Würdigen bloß ausgenommen,
Zu unsrer Zeit.

Die

Die prophezeyenden Matronen
Für ihre Lügen noch belohnen,
Hieß ihnen sehr gescheidt.
Sagt, kluge Frauen! Zeichendeuter!
Zigeuner! sagt: sind wir gescheidter
Zu unsrer Zeit?

Doch edler Vorzug grauer Alten!
Die Treue, Wort und Bund zu halten,
Hieß ihnen Redlichkeit.
Die schlummert auf bestäubtem Boden,
Bey andern abgelebten Moden,
Zu unsrer Zeit.

Der

Der Abend.

Mit finstrer Stirne stehn wir da,
Und ordnen das Geschick der Staaten,
Und wissen, was bey Serr geschah,
Und wissen Oesterreich zu rathen.

Indeß verschließt sich unsre Brust
Dem Ruf der lockenden Cythere:
Denn steigt nicht schon, zu Amors Lust,
Der Abend aus dem kühlen Meere?

Erkennet euern Eigensinn
Und daß die Zeit geflügelt scheide!
Ihr schwaßt, sie fliegt, sie ist dahin
Mit aller angebohrnen Freude.

Ich will zu ienen Büschen gehn,
Die sanft von Zephyrs Ankunft beben.
Da hoff ich Lesbien zu sehn,
Wenn sichre Schatten uns umgeben.

Bereits ertönt in stiller Luft
Der Nachtigall verliebte Klage:
Sie hüpft von Zweig auf Zweig und ruft
Mit süssern Liedern, als am Tage.

Was Wunder, wenn sie brünstig girrt,
Seit Amor mit gespanntem Bogen,
Bey dem ein voller Köcher schwirrt,
Dem iungen Frühling nachgeflogen!

✳✳✳✳✳✳ ✳✳✳✳✳ ✳✳✳✳✳✳✳✳

Das neue Orakel.

Propheten unsrer Zeit, Zigeuner, kluge Weiber!
   Weh euch! ihr alle seyd verschmäht!
Seht, wie der Coffeesatz, der Neugier Zeitver-
                  treiber,
Sich als Orakel bläht.

Die schlaue Phantasie sieht in geheimen Zeichen
Des weisen Schlammes Antwort stehn:
Wie die um Mitternacht durch öde Wälder streichen,
Gespenst und Schätze sehn.

Auch mir verkündigt sie, und Liebe hilft mir glau-
                    ben,
Daß ich mein Mädchen küssen soll.
Nichts kann gewisser seyn! da schnäbeln sich zwo Tauben:
Das ist geheimnißvoll !

Zwar sieht mein Auge nichts; doch glaub ich mei-
                    nem Glücke:
Die Tauben sind unsichtbar da:
Auch Bileam sah nicht, was mit erstauntem Blicke
Sein Thier erleuchtet sah.

Uz. Lyrische Ged.   D   Sey

Sey gläubig, loses Kind! und komm und laß
dich küssen!
Umsonst ist alle Sprödigkeit.
Dein Stolz wird endlich doch dem Schicksal weichen
müssen:
Es ist mir prophezeyt!

Die

Die Geliebte.

Die ich mir zum Mädchen wähle,
Soll von aufgeweckter Seele,
Soll von schlanker Länge seyn.
Sanfte Güte, Witz im Scherze
Rührt mein Herze;
Nicht ein glatt Gesicht allein.

Anziung taugt nur zum Spielen!
Fleischigt sey sie anzufühlen,
Und gewölbt die weisse Brust.
Die Brunette soll vor allen
Mir gefallen:
Sie ist dauerhaft zur Lust.

Setzt noch unter diese Dinge,
Daß sie artig tanz' und singe:
Welches Mädchen ist ihr gleich?
O ihr Mädchenkenner! saget:
Wers erjaget,
Hat der nicht ein Königreich?

Siehe Oeuvres de Clement Marot, chanson 24.

Die

Die Liebesgötter.

Cypris, meiner Phyllis gleich,
   Saß von Grazien umgeben!
   Denn ich sah ihr frohes Reich;
Mich berauschten Cyperns Reben.
Ein geweihter Myrthenwald,
Den geheime Schatten schwärzten,
War der Göttinn Aufenthalt,
Wo die Liebesgötter scherzten.

Viele giengen Paar bey Paar:
Andre sungen, die ich kannte,
Deren Auge schalkhaft war,
Und voll schlauer Wollust brannte.
Viele flogen rüstig aus,
Mit dem Bogen in der Rechten.
Viele waren nicht zu Haus;
Weil sie bey Lyden zechten.

Der voll blöder Unschuld schien,
Herrscht auf stillen Schäferauen.
Feuerreich, verschwiegen, kühn
Sah der Liebling junger Frauen.
Doch, ermüdet hingekrümmt,
Schlief der Liebesgott der Ehen:
Zu Lyden hieß, ergrimmt,
Venus diesen Schäfer gehen.

Un.

Unter grüner Büsche Nacht,
Unter abgelegnen Sträuchen,
Wo so manche Nymphe lacht,
Sah ich sie am liebsten schleichen.
Viele flohn mit leichtem Fuß
Allen Zwang bethränter Ketten,
Flatterten von Kuß zu Kuß
Und von Blonden zu Brunetten.

Kleine Götter voller List,
Deren Pfeil kein Herz verfehlet,
Und vom Necktar trunken ist,
Ob er gleich die Thoren quälet:
Bleibt auf meinen Ruf bereit,
Meine Jugend froh zu machen!
In der Jugend Frühlingszeit
Wünsch ich unter euch zu lachen.

Er.

Ermunterung zum Vergnügen.

Wirb stets dein Stolz der falschen Hoffnung
                      trauen,
    Die ihn mit Träumen unterhält;
Und in der Luft manch glänzend Schloß erbauen,
Das plötzlich ohne Spur zerfällt?

    Die Hoffnung träumt, was öfters nie geschiehet,
So hitzig wir ihm nachgestrebt:
Indessen flieht und ungekannt entfliehet
Die Freude, die uns nahe schwebt.

    Die Rasen hier, die weiches Gras bedecket,
Und über die zu freyer Lust
Sich, schattenreich, die breite Linde strecket,
Erwarten dich an meiner Brust.

    Hier laß uns, Freund! bey Wein und Liedern
                      liegen:
Wie süß ists, von Ihden glühn!
Auf! hohl' ihn her! ihm folge das Vergnügen,
Und eitle Sorge müsse fliehn!

                                    Denn

Denn tiefe Nacht deckt vor uns her die Tage,
Die ieder noch durchwandern wird.
Ich schleiche fort, bereit zu Lust und Plage,
Gleich einem, der im Nebel irrt.

Wie Schritt vor Schritt die schwarze Wolke
fliehet,
Entdeckt sich ihm bald öber Sand,
Der, unerfrischt von kälten Quellen, glühet,
Ein rauhes und unwirthbars Land.

Bald aber wird sein frohes Lied erschallen,
Wenn, auf so viel Beschwerlichkeit,
Am kühlen Bach, ein Wald voll Nachtigallen
Ihm angenehme Schatten beut.

Die

Der Weise auf dem Lande.

O Wald! o Schatten grüner Gänge!
Geliebte Flur voll Frühlings-Pracht!
Mich hat vom städtischen Gedränge
Mein günstig Glück zu euch gebracht:
Wo ich, nach unruhvollen Stunden,
Die Ruhe, die dem Weisen lacht,
Im Schoose der Natur gefunden.

Ich fühle mich wie neugebohren,
Und fang erst nun zu leben an,
Seit, fern vom Troße reicher Thoren,
Ich hier in Freyheit athmen kann.
Es krieche, wer nach Ehre flieget!
Ich werde nie ein grosser Mann,
Weil ich mich knechtisch nicht geschmieget.

Es mögen andre höher trachten:
Sie mögen hungrig nach Gewinn,
Im Joche der Geschäfte schmachten,
Da ich der Knechtschaft müde bin!
Sie drängen sich durch List und Gaben
An ihre Ruderbänke hin;
Dieweil sie Sklavenseelen haben.

Du

Du glänzend Nichts! o Rauch der Ehre!
Dich kauf ich nicht mit wahrem Weh.
Mein Geist sey, nach der Weisheit Lehre,
So stille, wie die Sommersee,
So ruhig im Genuß der Freuden,
Als dort, im perlenreichen Klee,
Die unschuldsvollen Lämmer weiden!

O seht, wie über grüne Hügel
Der Tag, bekränzt mit Rosen, naht!
Ihn kühlen Zephyrs linde Flügel:
Vom Thau glänzt sein beblühnter Pfad.
Wie taumelt Flora durch die Triften!
Die Lerche steigt aus trunkner Saat,
Und singt in unbewölkten Lüften.

Dort, wo im Schatten schlanker Buchen
Die Quelle zwischen Blumen schwäzt;
Seh ich die Muse mich besuchen,
Und werde durch ihr Lied ergözt.
Sie singt entzückt in güldne Saiten,
Indeß, von Morgenthau benezt,
Die Haare flatternd sich verbreiten.

Noch

Noch ſüſſer tönt um friſche Roſen
Ihr angenehmes Hirtenrohr;
Und Amor·kommt, ihr liebzukoſen,
Und ieder Ton entzückt ſein Ohr.
Auch er verſucht, wies ihm gelinget:
Ein ſchwaches Murmeln quillt hervor,
Das ungeübte Hand erzwinget.

Geht hin, die ihr nach Golde ſchnaubet!
Sucht Freude, die mein Herz verſchmäht!
Betrügt, verrathet, ſchindet, raubet,
Und erndet, was die Wittwe ſät!
Damit, wann ihr in Gold und Seide
Euch unter klugen Armen bläht,
Der dumme Pöbel euch beneide.

Dem Reichthum, bleicher Sorgen Kinde,
Schleicht ſtets die bleiche Sorge nach:
Sie brauſt, wie ungeſtümme Winde,
Durch euer innerſtes Gemach.
Der ſanfte Schlummer flieht Paläſte,
Und ſchwebet um den kühlen Bach,
Und liebt das Liſpeln iunger Weſte.

Mir

Mir gnüget ein zufriednes Herze
Und was ich hab und haben muß,
Und, kann es seyn, bey freyem Scherze,
Ein kluger Freund und reiner Kuß:
Dieß kleine Feld und jene Schafe,
Wo, ohne stolzen Ueberfluß,
Ich singe, scherze, küsse, schlafe.

An

An Venus.

D Göttinn, die in Amathunt
Und über Paphos herrscht, du Mutter süsser
Klagen!
Wie lang soll ieder rauher Mund
Im Ton Anakreons dich zu besingen wagen?

Wenn manche deutsche Muse nun
Von Lieb und Küssen singt; wie eckelt mir vor Küssen!
Gib acht, wie, wann sie artig thun
Und schalkhaft tändeln will, die Mädchen gähnen müssen!

Ihr ist Lyäus unbekannt;
Sie sieht so nüchtern aus, als Wasser, ihr Getränke.
Doch iauchzt sie, als vom Wein entbrannt,
Und iauchzt, wie ein Student in schwarzberauchter
Schenke.

Unleidlich sträubt sich ieder Ton:
Ihr träger Witz gebiert nur wörterreiche Sätze.
Nie war dein Freund Anakreon
So schwatzhaft, obgleich alt; und Amor hasst Geschwätze.

Die

Die Väter dieser Lieder-Brut,
Die Affen deines Gleims, o schöne Göttinn! strafe.
Von Lieb entbrenn ihr kaltes Blut!
Ihr Mädchen les' ihr Lob, ihr frostig Lob und schlafe!

Nie schall' ihr ungerathnes Lied,
Bey sanftem Saitenspiel, von Lippen kluger Schönen,
Noch wo der junge Bacchus glüht,
Wenn ihn die Grazien mit ihren Rosen krönen!

Die

Die versöhnte Daphne.

Im Schatten einer alten Eiche
Saß Daphne, da die Sonne wich;
Als in dem einsamen Gesträuche
Myrtill sich ihr zur Seite schlich.

Er will den Lilienhals umfassen,
Der seinen Küssen sich entzieht.
Nichts, leider! wird ihm zugelassen:
Sie rafft sich zornig auf und flieht.

Was wird von Schönen uns versaget,
Das kühne Schalkheit nicht erpreßt?
Da Daphne flieht und fliehend klaget,
Hält ihr Myrtill sie schmeichlend fest.

Myrtill erzwingt von Daphnen Küsse,
Die ihre Hand nur schwach bekämpft:
Denn, ach! ein Kuß ist viel zu süsse!
Ein Kuß hat manchen Zwist gedämpft.

Sie schlägt die Augen schamroth nieder,
Das blöde Mädchen thut sich Zwang
Und eifert auf gewisse Lieder,
Die jüngst Myrtill der Chloe sang.

Doch)

Doch, fährt sie fort, um dir zu zeigen,
Daß ich mit dir nicht zürnen will;
Ich will zu neuem Frevel schweigen:
Küß immer noch einmal, Myrtill!

Der

Der verlohrne Amor.

Amor hat sich jüngst verlohren;
Und nun will, die ihn gebohren,
Ihren Flüchtling wieder küssen;
Und man hat ihn suchen müssen.
In dem Schatten dunkler Linden,
Wo wir Dichter Amorn finden;
Unter froher Dichter Myrthen,
In den Städten, bey den Hirten,
Kann man nichts von ihm erfragen.
Mädchen! wollt ihr mirs nicht sagen?
Denn ihr hegt den Gott der Sorgen:
Hat er sich bey euch verborgen?
In den Rosen eurer Wangen,
Die mit frischer Jugend prangen?
Oder auf den Liljenhügeln,
Wo der Gott mit leisen Flügeln
Sich schon öfters hingestohlen?
Darf ich suchen und ihn hohlen?

Der May.

Der holde May hat endlich obgesiegt,
　　Und Boreas muß lauem Weste weichen:
　　Der laue West lockt Floren, wo er fliegt,
Ihm brünstig lächelnd nachzuschleichen.

Laß uns den Wald, wo itzt manch spielend Reh
Durch Büsch rauscht; laß uns die grünen Buchen
Und Feld und Bach und den bethauten Klee,
O Freund! auch wiederum besuchen.

Umwölkt annoch der Unmuth unsern Blick,
Da überall Natur und Erde lachen?
Sey auch vergnügt und laß das wilde Glück
Die Zeiten mehr als eisern machen!

Es zieh uns aus, was wir von ihm geborgt,
Und werf allein dem ihm verkauften Schwarme
Die Güter zu, um die ich nie gesorgt!
Nackt flieh ich in der Weisheit Arme.

Es bleibt mir doch der stets zufriedne Sinn
Und Muths genug, mein Glück in mir zu suchen,
Und edler Stolz, auch wann ich niedrig bin,
Unedle Tücke zu verfluchen.

Es bleibt mir auch vom Zufall unentwandt,
Das Saitenspiel der griechischen Camöne,
Das, trotz dem Glück, ich mit gedungner Hand
Zu feigem Schmeicheln nicht verwöhne.

Die Wolluſt.

Hier im Geſträuch, an Florens weichem Buſen,
Die Balſam haucht, geruhig hingeſtreckt,
Erwart ich ſie, die göttlichſte der Muſen,
Die ſich im Buſch vor meinem Wunſch verſteckt.
Sie kommt, ſie kommt! ich höre ſchon von weiten,
In ſtiller Luft, die Stimme güldner Saiten.

Ihr Sterblichen, die ihr dem Schickſal fluchet,
Wenn euern Arm gewünſchte Ruhe flieht;
Die ihr umſonſt ſie unter Dornen ſuchet!
O höret mich! o hört mein lehrend Lied!
Was quält ihr euch? die holde Wolluſt winket,
Und beut euch an, was euch ſo ſchätzbar dünket:

Die Wolluſt nicht, die auch der Pöbel kennet;
Die viehiſch raſ't, nicht ſich vernünftig freut;
Von Lieb und Wein, umkränzt mit Epheu, brennet,
Und Lieb und Wein durch Uebermaaß entweiht!
Nein! die zugleich Natur und Weisheit preiſen;
Der Weisheit Kind, die Königinn der Weiſen!

Ich

Ich sehe sie, und Morgen-Rosen schmücken
Die heitre Stirn und glänzen um ihr Haupt.
Wie ruhig strahlt aus ihren süssen Blicken
Die reine Lust, die kein Verhängniß raubt!
Durch sie wird selbst Knäus zahm gemachet,
Der hinter ihr mit einer Muse lachet.

Die Freude schwingt um sie die güldnen Flügel
Zu aller Zeit, auch wenn das Glück entflieht.
So öde scheint kein dürrverbrannter Hügel,
Wo nicht für sie noch manche Bluhme blüht :
Und rings umher schwatzt unter Laub und Zweigen
Ein sanfter West, und rauhe Stürme schweigen.

Wie sollte dir nicht alles dienen müssen,
Du, die allein die Sterblichen beglückt!
Gefesselt liegt, o Göttinn! dir zu Füssen
Der bleiche Gram, der schwache Seelen drückt.
Du bändigest die hungrigen Begierden,
Die ohne dich verderblich herrschen würden.

Wie, wann der Sud sein schwarz Gefieder schüt-
　　　　　　　　　　　　　　　　　tert,
Und auf der See sich als Tyrann erhebt;
Der Ocean bis an den Grund erzittert,
Und weißbeschäumt hoch in die Lüfte strebt :
Indem kein Stern die bange Nacht erheitert,
Verirret sich das kranke Schiff und scheitert:

So wüthen auch die zügellosen Triebe,
Die uns Natur mitleidig eingeschenkt.
Sie brechen los; und Recht und Menschenliebe,
Was heilig ist, wird unbereut gekränkt.
Nichts ungestraft! der Frevelthaten Menge
Bestraft in uns ein Richter voller Strenge.

Die Furien, in deren blutgen Händen,
Stets fürchterlich, die Dornen-Peitsche braust,
Verfolgen ihn, wann zwischen Marmor-Wänden
Der lüste Sklav erraubtes Gut verschmaust.
Sein Aug entschläft: sein wachendes Gewissen
Stört seinen Schlaf mit gelber Nattern Bissen.

Unselig Glück! o ungeliebtes Leben!
Dergleichen Qual bezahlt kein Schatz der Welt.
Der Weise muß nach ächtern Freuden streben,
Die Klugheit würzt und Reue nicht vergällt.
Bin ich gesund an Leib und an Gemüthe;
So dank ich froh des Himmels milder Güte.

Wie thörigt ist, sich vieles nöthig machen,
Da die Natur nur weniges verlangt?
Ich werde satt und kann mit Freunden lachen,
Obgleich mein Tisch nicht fürstenmäßig prangt.
Muß edler Wein, den Blut und Seele fühlen,
Den eklen Durst allein aus Golde kühlen?

Gold

Gold giebt das Glück, und giebt es auch den
                     Thoren:
Die Weisheit lehrt auch schimmernd Gold verschmähn
Und fröhlich seyn, wann die das Glück erkohren,
Sich, unvergnügt, in seinem Schoose blähn.
Das wahre Glück ist nicht was Thoren meinen:
Sey in der That, was tausend andre scheinen.

Silenus.

Jch sah den Gott Silen! mit heiligem Erstaunen,
 Ihr Enkel! sah ich ihn! er zechte mit den Faunen,
  Und lehrte die betrunkne Schaar!
Er sang, erfüllt vom Gott der traubenvollen Höhen:
Ein Epheukranz verbarg des Alten graues Haar;
 Die Adern schwollen von Lyäen.

  Der Muse sey vergönnt, dir, Vater, nachzulal-
           len!
Ich hör ihr Saitenspiel von deinem Lied erschallen:
 Auch Nymphen merkten auf dein Lied!
Du sangst, wie ungestümm das finstre Chaos brüllte,
Bis Erd und schwarze Fluth und Luft und Feuer schied,
 Und sich die alte Zwietracht stillte.

  Nun ward die Harmonie, des Himmels Kind,
           gebohren:
Der neuen Sonne ward ihr neu Gebieth erkohren:
 Der Mond nahm seine Herrschaft ein.
Bald hörte der Parnaß die jungen Musen singen,
Und sah die Grazien in seinem Lorbeerhayn
 Die Arme durcheinander schlingen.

     E 4   Du

Du lehrteſt, wie Mercur der Leyer Scherz erfun-
                                        den;
Und wie das erſte Rohr, mit frember Kunſt verbunden,
In Pans betrübter Hand geklagt
Als Pan von Syrinx, ach! der ſchönſten Nais brann-
                                        te,
Die Ladons Tochter war und in geliebter Jagd
Arkadiens Gehölz durchrannte.

Die ſah der Hirten Gott nach ſcheuem Wilde
                                        jagen;
Und ihr verirrtes Heer die weiſſen Schultern ſchlagen,
Und ihre holden Wangen glühn.
Er ſah die ſchönſte Bruſt den freyen Weſten offen:
Ihn brannte, was er ſah: er war verliebt und kühn,
Und fleht' und wagte, ſtolz zu hoffen.

Umſonſt! weil Syrinx floh, wie ein gejagtes Re-
                                        he
Dem Tode, der ihm folgt, auf ſchwarzbebüſchter Höhe
Mit flügelſchneller Flucht entweicht.
Es hemmen ſeinen Lauf nicht bluhmenvolle Felder,
Durch die ein lautrer Bach mit heiſcherm Murmeln
                                        ſchleicht;
Nicht Schatten ſonſt gewünſchter Wälder.

                                        Sie

Sie floh: ihr folgte Pan, auf ungebahnten We-
        gen;
Aus voller Urne rauscht' ihr Ladons Flur entgegen;
Kein Weg war offen, zu entgehn.
Hier, wo zum erstenmal die bangen Füsse ruhten,
Hier, Schwestern! rief sie, eilt, mit hülfreich beyzu-
        stehn!
Und sprang verzweiflend in die Fluthen.

Gleich blieb ihr leichter Fuß an trägen Wurzeln
        hangen;
Der schlanke Leib ward Schilf, als Pan, sie zu um-
        fangen,
Um ihn die braunen Arme wand.
Nun spielte Zephyrs Hauch in ungewohnten Rohren:
Sie taumeln, sanftbewegt, und flistern um den Strand
Ihm schwache Seufzer in die Ohren.

Wie sinnreich machen uns, o Liebe! deine Leh-
        ren!
Pan hörte diesen Laut und wünscht', ihn stets zu hören,
Auch wann der müde Wind entschlief.
Er fügte Halm an Halm, die er verschieden wählte,
Von Rohr zu Rohr alsdenn mit schnellen Lippen drauf,
Und sie durch sanften Hauch beseelte.

        Pan

Pan lehrte nachmals auch die Flöte seine Hirten,
Und ieden Hirtentanz, im Schatten froher Myrthen,
Belebte süsser Flöten Klang.
Sie gieng vor Sparta her, das sich mit Bluhmen krön-
te,
Und stimmte kriegrisch ein, wann Castors Lobgesang
Dem nahen Feind entgegen tönte.

Drit=

Drittes Buch.

Tempe.

urch welch geheimen Zwang
Erwacht sein schlafender Gesang?
Ich fühle wiederum die Herrschaft
weiser Musen.
Wie stürmet nicht in meinem Busen
Die ungestümme Glut,
Und reisst mich hin in trunkner Wuth!

Täuscht mich der süsse Wahn?
Welch Thal der Freuden lockt mich an
Mit frischbethautem Grün, mit ambrareichen Lüften?
Wie plaudert in der Berge Klüften
Der wache Wiederhall!
Die Vögel singen überall!

Durch

Durch kühle Büsche rauscht
Ein Zephyr, der um Floren lauscht:
Es murmelt mancher Bach; es wandelt unter Bäumen
Der holde Schlaf mit holdern Träumen.
Entzückendes Revier!
Dich, himmlisch Tempe, seh ich hier!

Hier, wo der Pelion,
Wo der Olymp, der Götter Thron,
Sich in die Wolken thürmt aus heerdenvollen Matten:
In dieser grünen Lorbeern Schatten
Glänzt, als ein glatter See,
Der Peneus durch beblühmten Klee.

Die Gegend ist so schön.
Daß hier die Musen sich ergehn.
Thalien seh ich dort bedornte Rosen pflücken:
Die Schalkheit spricht aus ihren Blicken;
Und ihren Mund beseelt
Ein Lächeln, das die Thoren quält.

Wer scherzt an ihrer Hand?
Ists Clio, deren leicht Gewand
Nachläßig flatternd wallt und nicht mit Golde prahlet?
Fontaine, der verewigt strahlet,
Sang einst an ihrer Brust
Von Hymens Qual und Amors Lust.

Du

Du aber irrst allein,
O Uranie! durch Thal und Hayn!
Dein heilig Saitenspiel schläft unter stillem Laube:
Bis von verschmähtem niedern Staube
Sich dein entbundner Geist
Zum Himmel, seinem Ursprung, reisst.

Den Sternen schwingest du
Dein brausendes Gefieder zu,
Durch unsre gröbre Luft, die Werkstatt rother Blitze;
Und wo, wann Gott von seinem Sitze
Die Welt im Wetter schilt,
Sein ausgesandter Donner brüllt.

Du bringst Auroren nach
In ihr bepurpert Schlafgemach;
Und siehst aus blauer Höh die Erde silbern glänzen.
Bald reisst aus unsers Titans Gränzen
Dich dein entflammter Sinn
In andrer Sonnen Herrschaft hin.

Die Erde scheint wie Nichts
In jenen Gegenden des Lichts,
Wo deiner Blicke Flug an fremde Welten landet.
Dort, wo ihr niemals überwandet,
Ihr Weltbezwinger! seht,
Wie euer Stolz euch hintergeht.

O gött.

O göttlich hoher Flug!
Mein Flügel ist nicht stark genug,
Sich dir auf Neutons Pfad, Muse! nachzuschwin-
                                              gen,

Ich will im niedern Busche singen,
Wo Erato sich kühlt
Und Amorn lockt, mit Amorn spielt.

Mor-

Morpheus.

Bey Venus ward von Schäferinnen
    Der holde Morpheus hart verklagt:
    Wird sein abscheuliches Beginnen
Ihm, sprachen sie, nicht untersagt.
Bey Tage sind wir Schäfern spröde:
Doch sieh, wie schalkhaft Morpheus ist!
Im Traum ist keine Hirtinn blöde;
Ja, leider! auch die Unschuld küsst.

Die Schäfer weihn ihm Gesänge:
Er heuchelt ihrer Zärtlichkeit,
Und spottet unsrer keuschen Strenge,
Die ach! uns manche Lust verbeut.
Ein Thyrsis, der zu Doris Füssen
Vor wenig Stunden trostlos lag,
Kann träumend seine Spröde küssen,
Die alles will, was Morpheus mag.

Hier unterbrach die langen Klagen
Der Traumgott voller Ungeduld,
Und sprach: o Göttinn! darf ichs wagen;
So höre mich mit gleicher Huld.
So müsse dir der Weltkreis fröhnen,
Und Amors Bogen sey beglückt,
Solang auf Wangen junger Schönen
Ein blühend Morgenroth entzückt!

Ich muß der frommen Mädchen lachen:
Sie träumen von verliebter Lust!
Welch Wunder? herrscht, wann Mädchen wachen,
Die Liebe nicht in ihrer Brust?
Ich weis, was jeder Schönen fehlet,
Um die mein stiller Fittig spielt;
Und sehe, was ihr Herz verhehlet,
Und oft sie selbst nur dunkel fühlt.

Manch Mädchen prangt mit scheuer Tugend,
Das ingeheim zu Amorn fleht,
Wann itzt im Frühling muntrer Jugend
Ihr Busen in der Fülle steht.
Sie seufzt, und, o gerechter Kummer!
Es jammert mich der Schäferinn:
Ich führe sie bey frühem Schlummer
In ihres Hirten Arme hin.

Liebt Chloe nichts, als ihre Heerde?
Sie glaubts! ihr Auge saget mir,
Daß Chloen Damon küssen werde;
Und ich verrath es ihm und ihr.
Die Spröde schleicht mit mir in Gründe
Zu Büschen, wo kein Fremder lauscht,
Wann beym Geschwätze sanfter Winde
Der Scherz geheimer Schmätzchen rausche.

Ein leder gleichet seinen Träumen:
Im Traume zecht Anakreon:
Ein Dichter iauchzt bey seinen Reimen,
Und flattert um den Helikon.
Für euch, Monaden! ficht mit Schlüssen
Ein Liebling der Ontologie;
Und allen Mädchen träumt von Küssen:
Denn was ist wichtiger für sie?

Der Traumgott wollte weiter sprechen:
Doch itzt rief ihm die braune Nacht:
Sie lag schon über dunkeln Bächen;
Und Philomela war erwacht.
Er floh, und lächelnd sprach Cythere:
Ihr Kinder! wißt nicht, was ihr wollt.
O predigt nur von strenger Ehre!
Mir send ihr doch im Herzen hold.

Ein Gemählde.

Sieh! welche Schilderey!
　　Beblühmt kein wahrer May,
　　Im Schoose der Natur,
O Phyllis! diese Flur?
Ein dick Gebüsch umkränzt
Die Quelle, die hier glänzt:
Am grünen Ufer hin
Schläft eine Schäferinn.

　　Sie liegt, nur leicht bedeckt,
In Blumen hingestreckt.
Mit ihren Locken spielt
Ein Zephyr, der sie kühlt;
Und ihre weisse Brust,
Schon reif zu schlauer Lust,
Verräth sich unterm Flohr,
Und wallt im Schlaf empor.

　　Sieh diesen Schäfer hier,
Der, unbewegt, nach ihr
Mit weiten Augen sieht:
Wie seine Wange glüht!
Sein Leib hangt ungeschickt,
Auf einen Stab gebückt,
In plumper Stellung hin
Zur holden Schläferinn.

Der

Der Wilde fühlt ein Herz!
Hat ihn der Liebe Scherz,
Als Zeugen ihrer Macht,
Zur Schönen hergebracht?
Er hat schon mehr Verstand;
Und wird ganz umgewandt
Zu seinen Schafen gehn,
Nachdem er sie gesehn.

Neuiahrs-Wunsch

des

Nachtwächters zu Ternate.

Weckt eure Gatten küssend auf,
    Ihr Schönen von Ternate!
    Hört, bey des Jahres neuem Lauf,
Wie mir ein Wunsch gerathe!

    Ein Mädchen, das sich Muse nennt,
Durchstreicht mit mir die Strassen;
Und was mein Herz euch gutes gönnt,
Will sie in Reime fassen.

    Wohlan! die Freude werde neu,
Wie sich das Jahr verneuet!
Es fliehe finstre Heuchelen,
Die sich im Winkel freuet!

    Nicht Eigennutz, nur Zärtlichkeit
Sey Stifter unsrer Ehen:
So wird man Hymens güldne Zeit
Auch Jahre dauern sehen.

Die

Die süsse Falschheit unsrer Zeit
Entweiche von der Erde,
Daß alte wahre Redlichkeit
Noch einmal Mode werde.

Es drohe Miswachs und Verlust
Gelehrten Schmierereyen:
Nur müsse iunger Mädchen Brust
Und guter Wein gedeihen!

Gib, Himmel! deinen alten Wein
Den fröhlichen Poeten,
Die in der Musen Lorbeerhayn
Oft, leider! durstig treten.

Nur Wasser, alter Weisen Trank,
Gieb unsern iungen Weisen;
Und iage den Monaden=Zank
Von freudenvollen Schmäusen.

Der Geiz mag sein erwuchert Gut
Nur hüten, nicht genießen!
Doch laß ein Bächlein güldner Fluth
Auch auf den Weisen fliessen!

Denn

Denn unsre Weibchen kosten viel,
Wenn sie uns lieben sollen:
Wieviel erfordert Putz und Spiel
Und wann wir schmausen wollen!

Heil allen, denen Heil gebricht;
Heil sey dem ganzen Staate!
Dieß wünsch ich aus bezahlter Pflicht,
Nachtwächter von Ternate.

Amor

Amor und sein Bruder.

Um die stille Mitternacht,
    Wenn allein die Liebe wacht;
    Wenn die schattenvolle Welt
Nur der hohe Mond erhellt:
Schlief die Nachbarinn Elmire;
Wenigstens ihr Alter schlief:
Als vor ihres Hauses Thüre
Cyperns Gottheit pocht', und rief.

Wer ist hier? wer lärmt noch so?
Ach! mein güldner Traum entfloh!
Rief die Magd halbschlafend aus,
Gähnt' und taumelte vors Haus.
Amor steht' in ihren Armen;
Und, wie alle Welt gesteht,
Muß ein Mädchen sich erbarmen,
Wann ein milder Amor fleht.

Ihm wird willig aufgethan;
Und sein Bruder hängt sich an:
Halb bedeckt ein Epheu-Kranz
Seines güldnen Hornes Glanz.
Seine schlauen Blicke brennen;
Jede Sehne schwillt von Kraft:
Die ihn kennen wollen, nennen
Ihn den Gott der Hahnreyschaft.

Amor

Amor thut sogleich bekannt,
Lehnet an die nächste Wand
Seinen Bogen lachend hin,
Hüpft und ruft mit frohem Sinn:
Troz der fest verschloßnen Thüre,
Bruder! half ich dir herein.
Jung und feurig ist Elmire:
O sie wird nicht grausam seyn!

Die

Die Wissenschaft zu leben.

Ein großer und vielleicht der größte Theil des Lebens,
   Das mir die Parce zugedacht,
   Schlich, wie ein Traum der Nacht,
Mit leisen Flügeln hin, und war vielleicht vergebens!

Vergebens flammten mir so vieler Tage Sonnen,
Wenn ich, vom Schöpfer aufgestellt,
Als Bürger einer Welt,
Durch eine gute That nicht ieden Tag gewonnen:

Wenn ich der Tugend Freund, und groß durch
          Menschenliebe,
Frey von des Wahnes Tyrannen,
Wahrhaftig groß und frey,
Erst werden soll, nicht bin, und es zu seyn verschiebe.

Wie? wer nach Golde geizt, obgleich kein Gold
          beglücket,
Braucht alle Stunden zum Gewinn,
Wann kaum der iunge Tag aus weissen Wolken blicket.

Indeß die halbe Welt, vom sanften Schlaf umflo-
                                        gen,
In bleicher Dämmrung stille träumt;
Hat iener, ungesäumt,
Schon Gelder angelegt, schon Zinsen abgezogen.

Wir leben niemals heut! wir schieben auf zu leben,
Bis einst ein günstiges Geschick
Uns ein geträumtes Glück
Nach Vorschrift unsers Plans und Eigensinns gegeben.

So stark herrscht überall der Thorheit alter Glau-
                                        be,
Als könnten wir uns nicht erfreun,
Nicht weis' und glücklich seyn
In einem ieden Stand, im Purpur und im Staube!

Auf Blußmen seh ich hier den armen Landmann
                                        liegen,
Den ein gepachtet karges Feld
Nur kümmerlich erhält:
Um seine braune Stirn lacht ruhiges Vergnügen.

Er lebt, wann sein Tyrann, der ieden Tag bethränet,
Sich um das Leben selbst betrügt,
Und, immer unvergnügt,
Reich, aber hungrig stets, nach grösserm Reichthum gäh-
                                        net.
                                        Doch

Doch Clotho wartet nicht, bis wir genug er-
                                    langen;
Und wann sie uns zur kühlen Gruft
Und in die Stille ruft,
So haben viele nie zu leben angefangen.

Der

Der standhafte Weise.

An Herrn Hof-Rath C*

Hat nun dein Saitenspiel den süssen Scherz ver-
　　　　　　　　　　gessen,
　　Und schweigt, stets ungestimmt, an traurigen
　　　　　　　　　　Cypressen,
Um deiner holden Gattinn Grab?
Wer kann, o weiser C* den wilden Schmerz besiegen,
Wenn Seelen, deren Muth erhabne Proben gab,
Wenn starke Seelen unterliegen?

Wie? soll die Traurigkeit unwidersetzlich wüthen,
Und wo sie einmal herrscht, stets fürchterlich gebiethen,
In ewig unerhellter Nacht?
Nein! von dem Weisen muß die Welt und Nachwelt lesen,
Er sey gemäßigt froh, wenn ihm das Glück gelacht,
Und auch in Leiden groß gewesen.

Ihm darf die bange Zeit auf mitleidvollen Schwin-
　　　　　　　　　　gen
Nicht ihren späten Trost, nicht ihre Lindrung bringen:
Sie sey des Pöbels Trösterinn!
Der Weise braucht sie nicht, er tröstet sich aus Gründen:
Die Wahrheit schimmert ihm durch trübe Nebel hin;
Er kann sie sehen und empfinden.

　　　　　　　　　　　　　　Sein

Sein lehrend Beyspiel strahlt auch auf entfernte
Tage:
Der Schwache, der es hört, schämt sich der feigen
Klage,
Und fühlet ungewohnten Muth.
Um seine Helden-Stirn müss' ewig Lorbeer grünen!
O Lorbeer beßrer Art, als den durch fremdes Blut
Die Weltverwüster sich verdienen!

Kein stoischer Gesang ertönt von meinen Sai-
ten;
Ich waffne nicht den Stolz, die Thränen zu bestreiten;
Ihm widersteht ein zärtlich Herz.
Die Stimme der Natur gebeut in allen Seelen,
Und falscher Großmuth Zwang kann einen wahren
Schmerz
Nicht überwinden, nur verhehlen.

Doch was kein Stolz vermag, kann Weisheit
möglich machen:
Auch Triebe der Natur, die herrschbegierig wachen,
Gewöhnt sie zum Gehorsam an.
Sie müssen sich vor ihr, so wild sie brausen, schmie-
gen,
Wie in verschloßner Gruft, dem Aeol unterthan,
Die lauten Winde knirschend liegen.

Sieh auf den starken Trieb, der uns zur Wolluſt
reiſſet,
Im freyen Wilde Brunſt, in Menſchen Liebe heiſſet,
Und, unbeherrſcht, ſich leicht verirrt.
Er wird Geſetz und Recht und Menſchlichkeit verletzen,
Wenn ihn kein Zügel hält, und ihm erlaubet wird,
Sich höhern Pflichten vorzuſetzen.

Aus ihren Schranken darf auch die Natur nicht
ſchreiten:
Soll nicht ein gleicher Zaum die weiche Wehmuth lei-
ten,
Die ein verlohrnes Gut bedaurt?
Kein allzulanger Schmerz muß unſre Ruhe ſtören;
Und wenn es Menſchheit iſt, daß unſre Seele traurt,
So iſt es Weisheit, aufzuhören.

Was kann den Sterblichen das wilde Glück ent-
ziehen,
Das ewig Leid verdient? Iſt alles nicht geliehen?
Gebührt nicht alles ihm zurück?
Die Güter, die es giebt, verſchenkt es nicht auf im-
mer:
Sein ſchmeichelnd Lächeln iſt ein kurzer Sonnen-
blick,
Ein kaum genoſſner Frühlings-Schimmer.

Wann

Wenn sich die dunkle Luft mit Winter-Wolken
schwärzet;
Wann Philomele schweigt, kein lauter Zephyr scherzet,
Kein Zephyr Morgen-Rosen küsst:
Was hilfts, mit finstrer Stirn den Unbestand beklagen?
Es kommt nicht mehr zurück, was einst entflohen ist;
Doch leicht wird, was wir freudig tragen.

Der Weise bleibt sich gleich im Schoos erwünsch-
ter Freuden,
Und sieht, noch ehe sie, bald oder späte, scheiden,
Die leichten Flügel ieder Lust.
Wenn ihr Gefieder sich in schneller Flucht verspreitet,
So sieht ers unbetäubt: er hatte seine Brust
Zu iedem Unfall vorbereitet.

Nicht unser ganzes Herz muß am Vergnügen han-
gen:
Zu einem höhern Zweck hat uns die Welt empfangen,
Wo ieder eine Rolle spielt.
Nicht bloß zu trunkner Lust im Umgang eines Weibes
Bewohnt ein freyer Geist, der sich unsterblich fühlt,
Die irdne Hütte seines Leibes.

Durch Tugend müssen wir des Lebens würdig wer-
den,
Und ohne Tugend ist kein daurend Glück auf Erden:
Mit ihr ist niemand unbeglückt.
Der Lasterhafte nur ist elend, arm, verachtet,
Auch wann er glücklich heißt und sich vom Raube schmückt,
Und iüdisch ganze Länder pachtet.

Kein

Kein fremder Zufall kann der Seelen Hoheit min-
bern;
Kein widriges Geschick ihr wahres Wohl verhindern:
Kann was geschieht, uns böse seyn?
Der Schöpfer einer Welt wird seine Schöpfung lieben,
Und nicht aus blindem Haß betrüben.

Vom strengen Strom der Zeit wird ieder hinge-
rissen,
Bald unter heitrer Luft, bald unter Finsternissen
Und schwarzer Ungewitter Wuth:
Strom, wo sich allzuoft beschäumte Wellen thürmen,
Stets brausend, wie das Meer! o ungestümme Fluth,
Berüchtigt von erzürnten Stürmen!

Wohin der Sturm uns führt, bleibt oft vor uns
verstecket,
Weil fürchterlich Gewölk die grünen Ufer decket,
Und unsrer Blicke Lauf begränzt.
Die Schatten werden fliehn, die unser Auge banden,
Vielleicht wohl, ehe noch der andre Morgen glänzt,
Vielleicht nicht ehe, bis wir landen.

Die

Die Sommerlaube.

Die Laube prangt mit jungem Grün:
    Es tönen ihre dunkeln Buchen
    Von Vögeln, die voll Wollust glühn,
Von Frühlingstrieben glühn und Scherz und Schatten
                  suchen.

Soll, was der Wahn Geschäfte nennt,
Uns um so schöne Zeit betrügen?
Freund! wer des Lebens Kürze kennt,
Der legt es klüger an und braucht es zum Vergnügen.

Geneuß den feuervollen Wein:
Beym Weine herrscht vertraulich Scherzen.
Oft ladet Amor sich mit ein,
Und sein verborgner Pfeil schleicht in die offnen Herzen.

Der schlaue Gott ist niemals weit;
Ich wittre seine sanften Triebe:
Denn grüner Lauben Dunkelheit
Ist für den Weingott schön, noch schöner für die Liebe.

Geliebte Schatten! weicher Klee!
Ach! wäre Galathee zugegen!
Ach! sollt ich, holde Galathee,
Um deinen weissen Hals die Arme brünstig legen.

Wo süsser Lippen Rosen blühn,
Wer kann sie sehn und nicht verlangen?
Die jugendlichen Küsse fliehn
Bey welkem Reiz vorbey und suchen frische Wangen.

Ein leblos Auge rührt mich nicht;
Kein blödes Kind wird mich gewinnen,
Das reizt, solang der Mund nicht spricht,
Und eine Venus ist, doch ohne Charitinnen.

Die

Die Rose.

Der Frühling wird nun bald entweichen:
   Die Sonne färbt sein Angesicht:
     Er schmachtet unter welken Sträuchen;
Und findet seinen Zephyr nicht.

Er hinterläßt uns, da er fliehet,
Den Ausbund seiner Lieblichkeit.
Die Rose, die in Purpur blühet,
Verherrlicht seine letzte Zeit.

Du, Rose! sollst mein Haupt umkränzen:
Dich lieben Venus und ihr Sohn.
Kaum seh ich dich im Busche glänzen,
So wallt mein Blut, so brenn ich schon.

Ich fühl ein iugendlich Verlangen,
Ein blühend Mädchen hier zu sehn,
Um dessen rosenvolle Wangen
Die iungen Weste süsser wehn.

Der

Der Sommer und der Wein.

Jn diesen schwülen Sommertagen
Fliegt Amor nur in kühler Nacht,
Und schlummert, wann die Sonne wacht:
Die Muse träumt nur matte Klagen.
Ich hänge mit verdrossner Hand
Die träge Leyer an die Wand.

Doch, Freund! in schwülen Sommertagen,
(Zischt mir knäus in das Ohr:)
Hebt sich der Weinstock stolz empor,
Den Frost und Regen niederschlagen:
Und nur der höhern Sonne Glut
Kocht seiner Trauben göttlich Blut.

So mag in schwülen Sommertagen
Der Weichling, Amor, schüchtern fliehn,
Und Scherz und Muse sich entziehn:
Der Wein wird sie zurücke jagen.
Es reife nur der frohe Wein;
Was kann mir unerträglich seyn?

Die

Die Freude.

Ergötzt euch, Freunde, weil ihr könnt!
   Den Sterblichen ist nichts vergönnt,
   Von Leiden immer frey zu bleiben.
Vernunft wird öfters ohne Frucht
Sich wider schwarzen Unmuth sträuben:
Indus weis ihn zu betäuben,
Und singt ihn sieghaft in die Flucht.

Lernt, wie sich finstrer Unverstand,
Verhüllt in trauriges Gewand,
Von wahrer Weisheit unterscheide,
Die mit entwölkter Stirne glänzt,
Und in der Wollust leichtem Kleide,
Wie sie, im Schoose sanfter Freude,
Auch oft mit Rosen sich bekränzt.

O segnet jeden Augenblick,
Da ihr ein unvergälltes Glück
In süsser Freundschaft Armen schmecket:
Da Bacchus euch mit Epheu krönt,
Und Witz und attisch Lachen wecket;
Und muntrer Scherz, der Narren schrecket,
Die Narren und ihr Glück verhöhnt.

Doch

Doch hört ihr, was die Wahrheit spricht?
Verwöhnt, verwöhnt die Seele nicht
Zu rauschenden Ergötzlichkeiten,
Die, wann der Geist sie lieb gewinnt,
Von Rosen unter Dörner leiten;
Und kein Vergnügen aller Zeiten,
Nur Augenblicke reizend sind.

Die Weisheit richtet meinen Sinn
Auf dauerndes Vergnügen hin,
Das aus der Seele selbst entspringet.
Geschmack und Wahrheit! ihr entzückt,
Auch wann kein Saitenspiel erklinget:
Auch wann mein Mund nicht lacht und singet,
Bin ich in euerm Arm beglückt.

Die Anmuth prächtiger Natur
Vergnügt mich auf beblühmter Flur,
Auf Hügeln und im dunkeln Hayne.
Ich iauchz' an stiller Musen Brust
So fröhlich, als bey Cyperns Weine:
Ja, wenn ich Thoren einsam scheine,
Vertraut sich mir die reinste Lust.

So lockend iene Freude lacht,
Die nur die Sinne trunken macht,
So nah ich sie dem Ueberdruße.
Die Wolluſt, vom Geſchmack ernährt,
Stirbt unter dummen Ueberfluſſe;
Sie bleibt bey ſparſamen Genuſſe
Weit länger ſchön und liebenswerth.

Du Tochter wilder Trunkenheit!
Fleuch, ungeſtalte Fröhlichkeit,
Und raſe nur bey blöden Reichen!
Sie mögen durch entweihten Wein
Die ſanften Grazien verſcheuchen!
Sie, Bacchus! mögen Thieren gleichen:
Uns Freunde! laſſ' er Menſchen ſeyn.

Die

Die wahre Grösse.

An Herrn Gleim.

In meinen Adern tobt ein iuvenalisch Feuer;
　　Der Unmuth reichet mir die scharfgestimmte
　　　　　　　　　　　　　　Leyer:
Maßt sich des Pöbels Wahn
Das Urtheil nicht von grossen Seelen an?

Sey Richter, liebster Gleim! der Pöbel soll nicht
　　　　　　　　　　　　　richten,
O du, der iedes Herz mit lieblichen Gedichten
Nach Amors Willen lenkt,
Der schalkhaft scherzt und frey und edel denkt!

Ein Mann, der glücklich kühn zur höchsten Wür-
　　　　　　　　　　　　be flieget,
Und, weil er Sklaven gleich, vor Grossen sich geschmieget,
Nun, als ein grosser Mann,
Auch endlich selbst in Marmor wohnen kann:

Der heißt beym Pöbel groß, da ihn sein Herz
　　　　　　　　　　　　verdammet;
Und wann der Bürger Gold auf seinem Kleide flammet,
So sieht die Schmeicheley
Für Schimmer nicht, wie klein die Seele sey.

　　　　　　　　　　　　　　　　　Soll

Soll seines Nahmens Ruhm auf späte Nachwelt
grünen?
Dem Staate dient er nur, sich Schätze zu verdienen:
Bereichert ein Verrath,
So, zweifle nicht, verräth er auch den Staat.

Der Absicht Niedrigkeit erniedrigt grosse Tha-
ten:
Wem Geiz und Ruhmbegier auch Herculs Werke ra-
then,
Der heißt vergebens groß:
Er schwingt sich nie vom Staub des Pöbels los.

Zeuch, Alexander! hin bis zu den braunen Scy-
then;
Irr um den trägen Phrat, wo heißre Sonnen wü-
then,
Und reiß dein murrend Heer
Zum Ganges hin, bis ans entfernte Meer!

Du kämpfest überall und siegest, wo du kämpfest,
Bis du der Barbarn Stolz, voll grössern Stolzes,
dämpfest,
Und die verheerte Welt
Vor ihrem Feind gefesselt niederfällt.

Doch laß dich immerhin der Menschheit nicht erbarmen!
Von deinem Haupte reißt, auch in des Sieges Armen,
Der Tugend rauhe Hand
Die Lorbeern ab, die Ehrsucht ihr entwandt.

Mit Lorbeern wird von ihr der beßre Held bekränzet,
Der für das Vaterland in furchtbarn Waffen glänzet,
Und über Feinde siegt,
Nicht Feinde sucht, nicht unbeleidigt kriegt:

Der Weise, der voll Muths, wann Aberglaube schrecket,
Und Wahn die halbe Welt mit schwarzen Flügeln decket,
Allein die Wahrheit ehrt,
Und ihren Dienst aus reinem Eifer lehrt:

Der ächte Menschenfreund, der bloß aus Menschenliebe
Die Völker glücklich macht und gern verborgen bliebe;
Der nicht um schnöden Lohn,
Nein! göttlich liebt, wie du, Timoleon!

Zu

Zu dir schrie Syracus, als unter Schutt und
          Flammen
Und Leichen, die zerfleischt in eignem Blute schwammen,
Der wilde Dionys
Sein eisern Joch unträglich fühlen ließ.

Du kamst und stürzest ihn, zum Schrecken der
          Tyrannen,
Wie, wann ein Winter-Sturm die Königinn der Tan-
          nen
Aus tiefen Wurzeln hebt,
Von ihrem Fall ein weit Gebürge bebt.

Durch dich ward Syracus der Dienstbarkeit ent-
          zogen;
Und sichrer Ueberfluß und heitre Freude flogen
Den freyen Mauern zu,
Held aus Corinth! was aber hattest du?

Nichts, als die edle Lust, ein Volk beglückt zu
          haben!
Belohnung beßrer Art, als reicher Bürger Gaben!
Du Stifter güldner Zeit,
Der Hoheit werth, erwähltest Niedrigkeit.

                                    Doch

Doch dein gerechtes Lob verewigt sich durch Lieder,
Nachdem die Ehre dich auf glänzendem Gefieder
Den Musen übergab:
Noch schallt ihr Lied in Lorbeern um dein Grab.

Der

Der Winter.

Die Erde drückt ein tiefer Schnee:
    Es glänzt ein blendend Weiß um ihre nackten
                  Glieder:
Es glänzen Wald, Gefild und See,
Kein muntrer Vogel singt:
Die trübe Schwermuth schwingt
Ihr trauriges Gefieder.

Der Weise bleibt sich immer gleich:
Er ist in seiner Lust kein Sklave schöner Tage,
Und stets an innrer Wollust reich.
Was Zephyrs Unbestand,
Was ihm die Zeit entwandt,
Verliert er ohne Klage.

Wer euch, ihr süssen Musen! liebt,
Der scherzt an eurer Hand in bluhmenvollen Feldern,
Wenn Boreas die Lüfte trübt.
Der Frühling mag verblühn!
Ihm lacht ein wenig Grün
In euern Lorbeer-Wäldern.

Und

Und wir? Jnäus flieht ja nicht,
Um dessen Epheu-Stab die leichten Scherze schweben!
Noch glüht sein purpurnes Gesicht:
Noch will er guten Muth
Und ächte Dichterglut,
Troz rauhen Froste, geben.

Dem Weingott ist es nie zu kalt,
Und auch der Liebe nicht, lockt Venus gleich nicht immer
In einen grün belaubten Wald.
In Büschen rauscht kein Kuß:
Doch Amors zarter Fuß
Entweicht in zarte Zimmer.

Ihm dient ein weiches Canapee
So gut und besser noch, als im geheimen Hayne
Beblühmtes Gras und sanfter Klee.
O welche Welt von Lust
An einer Phyllis Brust
Und, Freund, bey altem Weine!

Stoß an! es leb' ein holdes Kind,
Von Grazien gepflegt, erzogen unter Musen
Und schätzbarer, als Phrynnen sind,
Durch Unschuld, klugen Scherz
Und durch ein gutes Herz
In einem schönen Busen!

Die

Die Nacht.

Du verstörst uns nicht, o Nacht!
Sieh! wir trinken im Gebüsche;
Und ein kühler Wind erwacht,
Daß er unsern Wein erfrische.

Mutter holder Dunkelheit,
Nacht! Vertraute süßer Sorgen,
Die betrogner Wachsamkeit
Viele Küsse schon verborgen.

Dir allein sey mitbewußt,
Welch Vergnügen mich berausche,
Wann ich an geliebter Brust
Unter Thau und Bluhmen lausche!

Murmelt ihr, wann alles ruht,
Murmelt, sanftbewegte Bäume,
Bey dem Sprudeln heischrer Fluth,
Mich in wollustvolle Träume!

Die

Die fröhliche Dichtkunst.

O schattigter Parnaß! ihr heiligen Gesträuche,
　　Wo oft um Mitternacht ich einsam wachend
　　　　　　　　　　　　schleiche!
Nie hab ich klagend euch entweiht.
Nur Scherz mit heitrem Angesichte,
Nur Wein und freye Zärtlichkeit
Begeistern mich, gefällig, wenn ich dichte.

　　Wann mich ein Kummer drückt, so mag die Mu-
　　　　　　　　　　se schweigen,
Den Nachtigallen gleich, die auf begrünten Zweigen
Nur singen, wenn sie sich erfreun.
Welch ächter Priester froher Musen
Vermischt mit Thränen seinen Wein,
Und ächzet stets, auch an der Daphne Busen?

　　Einst lag ich sorgenvoll im Schatten finstrer Bu-
　　　　　　　　　　　chen,
Wo sich ein träger Bach, den Faunen bloß besuchen,
Durch einsames Gefilde wand.
Mein Saitenspiel vergaß der Schönen,
Und meine scherzgewohnte Hand
Verirrte sich zu Trauervollen Tönen.

Bereits entschloß mein Mund sich unvergnügter
Klage,
Als mit entwölkter Stirn, gleich einem Frühlingstage,
Die holde Muse mir erschien.
Der Lippen Anmuth war den Rosen,
Den Morgen-Rosen vorzuziehn,
Und jeder Blick schien lächelnd liebzukosen.

Mein Geist erwachte schnell aus allen trüben Sor-
gen:
Wie, wann im rothen Ost der angenehme Morgen
Itzt in Aurorens Arm erwacht;
Alsdann die bangen Träume fliehen
Und schwarzgeflügelt, wie die Nacht,
Mit ihr zugleich in ihre Grotte ziehen.

Soll Unmuth, schalt sie mich, dein Saitenspiel
verstimmen?
Sieh auf! Anakreon, den Wein und Alter krümmen,
Scheucht singend eitler Sorgen Heer!
Weicht auch die Freude von Alkäen?
Sie schwimmt ihm nach durchs rauhe Meer,
Und singt mit ihm von Amorn und Lyäen.

Horaz trinkt Chier-Wein und jauchzt bey seinem
Weine:
Sein ewiger Gesang ertönt in Tiburs Hayne
Nur an der weisen Wollust Brust.
Der Wollust weihe deine Leyer!
Bloß diese Mutter wahrer Lust
Beseelt ein Lied mit ächtem Reiz und Feuer.

Die wache Sorge mag an schlechten Seelen na-
gen!
Dem Thoren fehlt es nie an selbstgemachten Plagen:
Ihn quält ein Tand, ein dunkler Traum.
Der Weise kann das Glück betrügen:
Auch wahres Uebel fühlt er kaum;
Und macht sichs leicht und macht es zu Vergnügen.

Mit mancher Bluhme lacht die rauhe Bahn des
Lebens:
Auf! pflückt sie! säumt ihr euch? sie welkt und war
vergebens,
Und ihr' und eure Zeit verläuft.
O Thorheit! daß mit faulen Händen
Ihr nach erwünschten Freuden greift,
Die doch so schnell die leichten Flügel wenden?

Send

Seyd langsam, eh ihr wünscht, und zum Ge-
nuß geschwinde:
Denn wißt ihr, was euch nützt, die ihr, gleich einem
Kinde,
Ohn' Ursach lacht, ohn' Ursach weint?
Ist euer Auge nicht gebunden?
Was in der Ferne böse scheint,
Wird in Näh ausbündig gut befunden:

Wie, als ein holder Wind auf unbeschifftem Pfa-
de,
Die Helden Portugalls an dein gewünscht Gestade,
Madera, Sitz der Wollust! riß:
Dich eine schwarze Wolke deckte,
Und stygischdicke Finsterniß
Sich fürchterlich bis hoch zum Himmel streckte!

Die blinde Nacht verließ die ungestümmen Wel-
len;
Der Thetis Angesicht fieng an, sich aufzuhellen;
Sie spielte ruhig um den Strand:
Indem sie sich dem Ufer nahten,
Und jauchzend ein entzückend Land
Hier übersahn, und ans Gestade traten.

H 2 Hier

Hier lachte die Natur, die Flora stets bekränzte;
Die Bluhmen düfteten; von hellen Bächen glänzte
    Manch rauschender Oranschen-Hayn.
    Nichts fehlt zu beglücktem Leben;
Nichts, als Jnäus und sein Wein:
    Jnäus kam und pflanzte süsse Reben.

Vier-

Viertes Buch.

Die Glückseligkeit.

Der Wahrheit ernste Stimm erschallt in
meinem Busen :
Hört eure Lehrerin! sie selbst hat mich
ernannt
Und auf den Flügeln süsser Musen
An euch, ihr Sterblichen! gesandt.

Es flämmt ein Welten-Heer in angewiesnen Grän-
zen :
Es ist im lichten Raum, wo in bestimmter Bahn
Die ungezählten Sonnen glänzen,
Der Ordnung alles unterthan.

H 3   Zur

Zur Ordnung ward, was ist, eh etwas war, erlesen:
Sie fordert sanften West und stürmisch Ungestümm:
Ihr Band verknüpfet alle Wesen,
Vom Staube bis zum Cherubim.

Der ganzen Schöpfung Wohl ist unser erst Ge-
setze:
Ich werde glücklich seyn, wenn ich durch keine That
Dieß allgemeine Wohl verletze,
Für welches ich die Welt betrat:

Wenn wider meine Pflicht mein Herz sich nicht
empöret,
Und niedrer Eigennutz, der die Begierden stimmt
Und ihre Harmonie zerstöret,
Nicht unter meinen Trieben glimmt.

Die Quelle falscher Lust, die Aristipp gefunden,
Haucht ekle Bitterkeit selbst unter Bluhmen aus.
Den Weichling drücken leere Stunden:
Die Ruhe flieht sein marmorn Haus.

Denn reine Freude quillt allein aus reinem Her-
zen:
Sein Zeugniß, daß wir thun, was unsre Pflicht ge-
beut,
Entwaffnet Ungeduld und Schmerzen,
In Tagen voller Dunkelheit.

Quält

Quält sich mein Urtheil nicht mit nagendem Ver-
                                                drusse,
So sey mein Eigenthum der schlauen Bosheit Raub;
So trete mich mit stolzem Fusse
Das ungestümme Glück in Staub.

Ich winsle nicht um Trost, nicht weibisch um
                                                Erbarmen:
Die Ruhe folget mir zum armen Strohdach hin,
Wo ich in reiner Wollust Armen
Durch Unschuld reich und glücklich bin.

Fehlt innre Ruhe nicht; was fehlet meinem Leben,
Als was entbehrlich ist und unentbehrlich scheint?
Sollt ich bey jedem Unfall beben,
Und weinen, wann die Thorheit weint?

Mit weiser Huld vertheilt das Schicksal Weh und
                                                Freuden,
Das bald auf Rosen uns durchs Leben wandern heißt,
Bald aber durch bedornte Leiden
Des Lasters Armen uns entreißt.

Ein Blick in vorig Leid wird künftig uns entzücken,
Wenn unsrem Auge sich der Ordnung Plan entdeckt,
Der nur vor unsern kühnen Blicken
In heilig Dunkel sich versteckt.

Der

Der Tobacksraucher.

Soll ich stets die trunknen Reben,
Soll ich nur den Gott erheben,
Der aus holden Augen blitzt?
Werd ich nie zu deinem Preise,
Pflanze, meine Lust! erhitzt,
Unterdeß der Thor und Weise
Beym verblasnen Rauche sitzt?

O wie viele güldne Stunden
Sind mir unbereut verschwunden,
Bey geliebter Blätter Glut!
Da empört mein rascher Wille
Sich für kein verderblich Gut:
Ich genieße süßer Stille;
Meine ganze Seele ruht.

Weg mit lärmendem Gepränge!
Wo ich mich durch Narren dränge,
Gähn' ich bey dem besten Wein.
Lächle, Venus! unter Thränen;
Sey die Mutter süßer Pein!
Aber zeuch mit deinem Schwänen,
Zeuch bey mir nicht sieghaft ein.

Ich

Ich beneide keine Krone,
Wann aus weißgebranntem Thone
Manch balsamisch Wölkchen bringt;
Und in meiner Muse Händen
Ihrer Leyer Scherz erklingt;
Oder höhern Gegenständen
Sich mein Geist entgegen schwingt.

Die geflügelten Gedanken
Fliehn des Wahnes enge Schranken:
Nur der Weise scheint mir groß.
Nur des Glückes falsches Lachen
Und sein oft entweihter Schoos,
Reichthum, Hoheit, (schlechte Sachen!)
Sind betrogner Thorheit Loos.

Flieht, Entwürfe grössern Glückes,
Die der Odem des Geschickes,
Wie den Sonnen-Staub verweht!
Flieht im aufgewölkten Rauche,
Der, wie ihr, sich stolz erhöht,
Und, wie ihr, bey schwachem Hauche
Schnell erscheinet, schnell vergeht!

Rauch

Rauch ist alles, was wir schätzen:
Unser theuerstes Ergötzen,
Unser Leben selbst ist Rauch.
Weht nicht über frische Leichen
Jedes Morgens kühler Hauch?
Viele werden heut erbleichen;
Und vielleicht ich selber auch.

Alles muß verlassen werden!
Nackend gehn wir von der Erden
In die öde Dunkelheit.
Was wir guts verrichtet hatten,
Folgt uns in die Ewigkeit,
Wann das blasse Reich der Schatten
Allen fremden Glanz zerstreut.

An

An die Muſen.

Ihr holden Muſen! wer, an eurer Bruſt erzogen,
  Den Weg zum grünen Pindus weis,
  Wird nicht von Goldburſt aufs erzürnte Meer
                        betrogen,
Nicht auf des Hofes trüglich Eis.

Er, deſſen Scheitel unbethränter Lorbeer decket,
  Glänzt in des Themis Tempel nicht,
Wo Dorngeſträuche, mit verſpritztem Blut beſlecket,
  Sich um die finſtern Pfade flicht.

Beglückter Weiſer, der im Stillen ſich erfreuet!
  Die Tage werden uns gezählt,
Uns aufgerechnet, die wir kluger Luſt geweihet,
  Und wo wir thöricht uns gequält.

Sollt ich, wie Harpax wund von ungeliebter Bürde,
  Unausgeruht im Joche ziehn,
Daß ich, wie Harpax, Hüter ſtolzer Schätze würde,
  Die eine ſcheue Tugend fliehn?

Erkargte Schätze, schlummert nur bey meinen Fein-
ben!
　　Ich wünsche nichts, als daß ich frey,
　Als daß ich fröhlich unter Musen, Wein und Freunden,
　　Nie fremder Thorheit Sklave sey!

Die

Die Trinker.

Mit Narren sollt ich mich erfreun?
    Ihr Wein schmeckt eckelhaft gemein,
    Wie Wasser, das die Musen scheuchet;
Und wär es auch der beste Wein,
Der an der Mosel bleichet.

Kann ich mit Klugen mich erfreun;
So schmeckt auch Wasser ungemein
Und gleich burgundischen Lyäen.
Doch, Freunde! seht, wir haben Wein!
Wer wollte Wein verschmähen?

Es müsse kühne Völleren
Nicht, unter bäurischem Geschren,
Mit ihrem Thyrsus hier gebiethen!
O Bacchus! gehe still vorben,
Und rase ben den Scythen!

Wie fürcht' ich deinen trunknen Blick!
Wie droht manch fliegend Felsenstück!
Seh ich die wüthende Mänade?
Welch rauher Jubel brüllt zurück
Vom Thrazischen Gestade!

Trinkt

Trinkt nicht von wilder luſt entbrannt,
Bis an des Rauſches welker Hand
Der blinde Bacchus taumelnd ſchleichet!
Sonſt flieh ich ſchneller, als der Sand
Vom Wirbelwind entweichet.

An

An Galathee.

Fleuch, Galathee! den Stolz verlebter Schönen!
    Schilt auf die Liebe nicht.
        Du wirst sie nur mit falschen Lippen höhnen:
Dein Auge widerspricht.
Es müsse dich die süsse Leyer lehren,
Die überredend klingt,
Und, wie man glaubt, trotz heuchlerischem Wehren,
Von manchen spröden Mund oft manchen Kuß erzwingt.

    Der Liebesgott schlief unter Myrthenbüschen,
In Bluhmen hingestreckt;
    Und ließ im Schlaf durch Nymphen sich erwischen,
Die er so oft erschreckt.
Nur eingedenk, wie Amor sie geplaget,
Nicht, wie er sie entzückt,
Verübten sie, was niemand noch gewaget:
Sie fesselten den Gott, der Götter selbst bestrickt.

    Der schlaue Gott sah, als er schnell erwachte,
Den ihm gespielten Streich.
O loses Volk! sprach dieser Schalk und lachte;
Wie listig rächt ihr euch!
Ich läugne nicht, was ich an euch begangen:
Ich macht' euch tausend Pein.
Besänftigt euch! nun habt ihr mich gefangen:
Ihr werdet ungequält und ungeküsset seyn.

Und

Und ungeküßt? welch grausamer Gedanke!
Man dachte reifer nach,
Und sah beschämt, wie dem verwegnen Zanke
Das Herze widersprach.
Sie thaten · · was? was alle Mädchen thäten!
Sie banden Amorn los,
Und Amor flog, da sie um Gnade flehten,
Von ihnen lachend weg in seiner Mutter Schoos.

Die

Die Grotte der Nacht.

Wohin wird mein Gesang verschlagen?
    Der Ocean ist voller Glut:
        Denn Titan kommt; sein strahlenreicher Wa-
            gen
Schwebt feurig über blauer Fluth:

    Indessen auf bethauten Schwingen
Die braune Nacht entlassen flieht,
Und Nymphen sie zu ihrer Grotte bringen,
Die kein unheilig Auge flieht.

    Wird meinem Blick im tiefsten Meere
Dort ihre Herrschaft aufgethan?
Es trennen sich erschrockner Schatten Heere;
Sie machen mir entfliehend Bahn.

    O Ruh! o welch ein heilig Schweigen
Beherrscht ihr schattigtes Revier!
Kein Vogel schwatzt auf düstrer Ulmen Zweigen;
Der muntre West entschlummert hier.

    Ein zitternd Schimmern bleicher Kerzen
Erleuchtet ihren dunkeln Sitz,
Wo rings umher die leichten Träume scherzen,
Geflügelt, wie der schnelle Blitz.

Von welchem angenehmen Kinde
Kommt hier der schöne Morgentraum?
Seht! Phantasus hüllt sich in rauhe Rinde
Und grünt, beblättert, als ein Baum.

Nun, da in junger Nymphen Händen
Gedämpfter Saiten Scherz erklingt:
Ertönt ein Lied von muschelreichen Wänden,
Das eine der Najaden singt.

Geneuß die Ruhe, die du zeugest,
O Göttinn! singt sie; holde Nacht!
Der Lärm entschläft, wenn du zum Himmel steigest;
Und nur der Progne Schwester wacht.

Wie leise gehn in feuchten Büschen
Die Winde durch den finstern Hayn!
Die Ruhe will, was Odem schöpft, erfrischen:
Doch können Menschen ruhig seyn?

Umsonst sind ihre müden Glieder
Auf Sidons Purpur hingestreckt,
Wenn Mitternacht mit schweigendem Gefieder
Den Marmor der Paläste deckt:

Um

Umsonst sind schwanenweiche Betten,
Bey stürmischer Begierden Wuth:
Der kranke Geist schleppt seine Sklaven-Ketten,
Stets ohne Ruh, wann alles ruht.

Der Mensch entflieht beblühmten Pfaden,
Wo ihm die stille Freude winkt.
Das Gute selbst misbraucht er sich zum Schaden:
Zu Gift wird Nektar, den er trinkt.

Wenn Tantalus im höchsten Glücke
Selbst an der Götter Tafel sitzt:
Denkt nicht sein Herz auf schwarze Bubenstücke,
Noch da ihn Himmelstrank erhitzt?

Fern von Olymps gestirnter Schwelle
Verbannt ihn Jupiters Entschluß:
Unseliger! ihn peinigt eine Hölle,
Mehr Hölle, denn der Tartarus.

Sein Reichthum wird ihm zum Verdrusse,
Zum Qual-Gepränge des Gesichts:
Er hungert, arm, in vollem Ueberflusse,
Hat alles und genießet nichts.

J 2   Wenn

Wenn Wolken meinen Geist umziehen,
Durch stürmischer Begierden Wuth:
Beruhlg' ihn mit süssen Harmonien,
O Muse! die auf Rosen ruht.

Die

Die Dichtkunst.

Ich liebe Feld und Bach, der Sonne Morgen-
strahl,
Ein schwarzbeschattet einsam Thal,
Und jenen stillen Lorbeer-Wald,
Wo keuscher Musen Flöte schallt.
Ich mische mich in ihre Chöre:
Sie weihten mich zum Priester ein:
Und sollten Wünsche mindrer Ehre
Mein ruhig Herz entweihn?

Entzeuch, o Dichtkunst! mir dein glänzend An-
gesicht,
O du der Liebe Tochter! nicht:
Denn in der ersten Schäfer-Welt,
Die uns im Bilde noch gefällt,
Gebahr dem Gotte frohes Weines
Die Liebe dich, ihr ähnlich Kind,
In dunkeln Schatten eines Haynes,
Die dir noch heilig sind.

Wie

Wie schön erzogen dich die Unschuld und Natur
Auf Triften und beblühmter Flur!
Noch nicht um stolzen Schmuck bemüht,
Ertönte hier dein sanftes Lied.
Es hörten die erstaunten Hirten
Den ungekünstelten Gesang,
Der öfters um geheime Myrthen
Und oft beym Wein erklang.

Die Weisheit bracht' alsdann dich, junge Schä-
ferinn!
Zum unbewohnten Hämus hin;
Und lehrte dich der Dinge Grund,
Und wie das Weltgebäud entstund:
Warum der Frühling grüne Hügel
Und lauen West und Floren liebt,
Und was den Winden ihre Flügel,
Dem Donner Kräfte giebt.

Du lerntest, wer mit Recht hoch oder niedrig
heißt!
Uns adelt nur ein edler Geist,
Und nicht ein schimmernd hoher Stand,
Nicht ein vergüldetes Gewand;
Noch daß man groß genennet werde,
Von Lippen feiger Schmeicheleyen,
Und einem Winkel weiter Erde
Bekannt und furchtbar sey.

Die

Die Aue schwieg vor dir, als du vom Hämus
kamst,
Und eine kühnre Leyer nahmst.
Es wallte junger Hirten Blut;
Sie fühlten ungefühlte Glut,
Als nun dein höhers Lied ertönte,
Das, reizend, wann es unterwies,
Von rauher Wildheit sie entwöhnte,
Und Menschen werden hieß.

Du sangst: es rissen sich bemooste Felsen los
Aus drohender Gebirge Schoos,
Und rollten fort mit eignem Lauf,
Und thürmten sich zu Mauern auf.
Die Tieger unter düstern Sträuchen
Behorchten dein entzückend Spiel;
Und auch die unbelebten Eichen
Erhielten ein Gefühl.

Die Wahrheit rührt uns nicht entblößt und un-
geschmückt,
Wenn sie die Sinne nicht berückt.
Wer unser Herz erst überwand,
Gewinnt auch leichtlich den Verstand.
Wir bleiben kalt bey kalten Schlüssen;
Sie sausen schwach um unser Ohr:
Wir lernen, wie wir leben müssen;
Und leben, wie zuvor.

J 4   Du

Du weckest uns zur Lust, befriedigst unsern
Schmerz
Du, Dichtkunst! öfnest unser Herz
Der Wahrheit, welcher deine Hand
Aus Myrrh und Rosen Kränze band.
Dich muß der taube Wille hören,
Die du nicht finstern Schulwitz liebst,
Und was die Weisen mühsam lehren,
Uns zu empfinden giebst.

Vor dir eröfnet sich der Ehre Heiligthum,
Und lorbeerreicher Helden Ruhm
Vertraut sich deiner Leyer an,
Durch die er ewig schimmern kann.
Doch Dunkelheit und kalte Schatten
Begraben ungepriesnen Muth,
Den Völker einst bewundert hatten,
Der nun vergessen ruht.

Du folgest kriegerisch durch Blut und heisser
Dampf
Dem Helden in den rauhsten Kampf:
Und wann, vom güldnen Sieg umkränzt,
Sein Haupt von Lorbeern furchtbar glänzt;
Alsdann erwachen deine Lieder,
Und bringen ihn vom wilden Streit
Auf unermüdetem Gefieder
Der fernen Ewigkeit.

Wo Titans Aug entschläft und wo er früh erwacht,
Die Gegenden der Mitternacht,
Und wo der Mittag Flammen sprüht,
Durchfliegt mit ihm dein hohes Lied:
Indeß die Muse der Geschichte
Nur niedrig an der Erde streicht,
Und mit erhitztem Angesichte
Nie deinen Flug erreicht.

An die Deutschen.

Ihr Deutschen, die an Ruhm berühmtern Vätern
               weichen!
   Verlangt ihr, groß zu seyn, so müßt ihr ihnen
               gleichen;
Nicht an der alten Rauhigkeit!
Die Helden-Tugend iener Zeit
Ruht nicht auf ungeschlachten Sitten,
Auf nackter Armuth, nackten Hütten.

   In Freundschaft, Redlichkeit und ehrner Muth im
               Streite,
Der ieden Tropfen Bluts dem Vaterlande weihte,
Und iener unbewegte Sinn,
Der, taub zu niedrigem Gewinn,
Allein der Ehre Stimme kannte,
Für Vaterland und Freyheit brannte:

   Das machte Deutschland groß; das eifert, nachzu-
               ahmen:
So seyd ihr deutscher Art, nicht bloß aus deutschem
               Saamen.
Ihr starrt? ihr zittert und erbleicht?
Warum irrt euer Blick verscheucht!
Die Ahndung hat mich nicht betrogen!
Zu Sklaven werdet ihr erzogen.

                       O un-

O unsrer Schande Quell, Erziehung deutscher Ju-
gend!
Wer pflanzt in ihre Brust Empfindungen der Tugend
Und Liebe für das Vaterland,
Die unserm Hermann Lorbeern wand?
Wer bildet ihre jungen Seelen,
Noch ehe sie das Laster wählen?

Man bildet nur den Leib: der Jüngling lernt gefal-
len,
Lernt freyen Tanz und Spiel, in fremder Sprache lallen
Und buhlen, eh er mannbar ist,
Betrügen, die er kaum geküßt,
Und seinen Hals zu schlauen Tücken
Im Joche weicher Sitten bücken.

Zur Ueppigkeit verwöhnt, wie kann er edel denken?
Wie soll er sich, als Mann, zur strengen Tugend lenken?
Und wird er, seiner Pflicht getreu,
In Schoose fauler Schwelgerey,
Nie mit erkauften Uebelthaten
Des Vaterlandes Wohl verrathen?

Entkräftet vor der Zeit in Amors Myrtensträuchen,
Baut er die Nachwelt an mit Kindern, die ihm gleichen,
An einer gleichen Gattinn Brust,
Die sorglos, unter eitler Lust,
Nur ihren Putz und Schooshund liebet,
Und ihren Witz beym Spieltisch übet.

Aus

Aus beßrer Eltern Schoos entsprungen iene Hel-
                                        den,
Von deren hellen Ruhm des Nachruhms Bücher melden,
Die keinem Weltstrich unbekannt,
Als Geisseln in des Schicksals Hand,
An Rom, das feige Laster schwächten,
Der halben Erde Knechtschaft rächten:

Ein männliches Geschlecht, stark, alles zu ertragen,
Gleich streitbar, wann der Süd, in trägen Sommer-
                                        tagen,
Die Wüste Inbiens verließ;
Und wann der alte Nordwind blies,
Und seine furchtbarn Flügel stürmten,
Die Schnee auf Schnee verberblich thürmten.

Zu welchem Wechsel ist der Völker Glück verdam-
                                        met!
Ein rauh verachtet Volk, das edler Muth entflammet,
Macht sich der Erde fürchterlich,
Wird üppig und entkräftet sich,
Und fällt, nach kurzgenoßnem Glücke,
Schnell in sein erstes Nichts zurücke.

An

An Herrn Baron von C**.

Du, der des Adels Glanz mit schimmerndem Ver-
         stande,
  Mit Musen und Geschmack vereint,
Entreisse dich, o C**! edler Freund!
Der Pleisse liederreichem Strande.

  In iener hohen Burg, wo Epheu an den Mauern
Sein dauernd Grün dir aufbewahrt,
Erwarten dich nur Freuden ächter Art,
Die nie vergrünen, immer dauern.

  Hier mahle die Natur, die nun, vom Lenz umkrän-
           zet
In iedem Auftritt hier entzückt,
Und ungeschminkt, nur landhaft aufgeschmückt,
Doch in verschiednem Schmucke, glänzet.

  Welch liebliches Gemisch von sonnenreichen Höhen
Und rauhbebüschter Thäler Nacht,
Und grüner Saat und iunger Blumen Pracht,
Und Bächen und bestrahlten Seen!

  Das Aug ist unbeschränkt, die freyen Blicke fliegen
Hoch über furchtbarn Wäldern hin,
Und sehn erstaunt, mit angespanntem Sinn,
Noch zwanzig Städte duftig liegen.

          O Au-

O Aufenthalt der Luft für unverwöhnte Weisen!
Der Musen liebster Aufenthalt,
Wo aus der Flur der Lerchen Lied erschallt,
Die ihre Schöpfung fröhlich preisen!

Die gütige Natur verlangt nicht unsre Plage:
O ruhten wir an ihrer Brust,
Und liessen ihr die Wahl der bessern Lust:
Wie heiter flössen unsre Tage!

Die Freude, welche sie mit milder Hand bereitet,
Reizt ungekauft, ermüdet nicht,
Ist ruhig, rein, sanft, wie das Morgenlicht,
Das über frische Rosen gleitet.

Die Quellen wahrer Lust stehn allen Menschen
offen:
Vergnügungen der Phantasie,
Euch kaufen wir mit unvergoltner Müh:
Wie täuscht ihr unser schmachtend Hoffen!

Pracht, Hoheit, Ruhm, die ihr vom Wahn ge-
schmücket,
Den Sterblichen so blendend gleisst!
Ihr sättigt nicht, weil ihr mit Rauche speist,
Und flieht, indem ihr uns entzücket.

Em.

Empfindungen

An einem Frühlings-Morgen.

O welche frische Luft haucht vom bebüschtem Hügel:
   Welch angenehmer West durchzieht
   Mit rauschendem bethauten Flügel
Dieß holde Thal, wo alles grünt und blüht!

Hier, wo die Grazien sich ihre Blumen hohlen,
Hier seh ich, wie der Morgen lacht,
Der unter düftenden Violen
Und beym Gesang der Vögel aufgewacht.

Das kleinste Gräschen blißt von farbenreichen
                Thaue
Wie hümmlisch lächelt die Natur,
Wohin ich um und bey mir schaue,
Dort im Gesträuch und hier auf grüner Flur!

Die ganze Schöpfung zeugt von weiser Güte Hän-
                den;
Mit Schönheit pranget unsre Welt.
Muß nur der Mensch die Schöpfung schänden,
Der sich so gern für ihre Zierde hält?

Der

Der Mensch darf sich nur sehn, damit er sich
nicht brüste,
Wie, an der Thorheit Brust gesäugt,
Er sich im Taumel wilder Lüste
Bald lächerlich und bald abscheulich zeigt.

Um Tand und Puppenwerk vertauscht er seine Rech-
te
Zu glänzender Unsterblichkeit,
Erniedrigt sich und sein Geschlechte,
Sucht kurze Lust und findet ewig Leid.

Ein denkendes Geschöpf kann so verderblich wählen,
Als wär es nur zum Thier bestimmt?
Herrscht solche Blindheit über Seelen,
In welchen doch der Gottheit Funke glimmt?

Umsonst! weil dieser Strahl nur wenig Weisen
funkelt!
Er wird von Leidenschaft und Wahn
In tausend Sterblichen verdunkelt,
Oft eh er sich siegprangend kund gethan:

Wie, wann die Sonne kaum dem Ocean entfliehet,
Des dunkeln Mondes Zwischenlauf
Ihr flammend Antlitz uns entziehet:
Vor ihrem Thron steigt schwarzer Schatten auf.

Die

Die Vögel hemmen schnell die angefangnen Lieder;
Der halbverwirrte Wandrer bebt,
Indeß mit schreckendem Gefieder
Die frühe Nacht um Erd und Himmel schwebt:

Bis Titans froher Muth, nach überwundnen
                    Schatten,
Itzt wieder unverfinstert strahlt,
Und in den aufgehellten Matten
Um Floren lacht und ihre Bluhmen mahlt.

So strahlet unser Geist, mit angebohrnem Lichte,
Durch dicke Finsterniß hervor,
Wenn vor der Weisheit Angesichte
Die Nebel fliehn, worinn er sich verlohr.

Geh auf mit vollem Tag, und herrsch' in Glanz
                    und Ehre,
Und herrsch', o Weisheit! unbekränzt,
Von einem bis zum andern Meere,
Ja weiter noch, als unsre Sonne glänzt!

Wie lang soll Finsterniß den Erdkreiß überziehen?
Es müsse, wer im Schatten sitzt,
Auf deine lichten Höhen fliehen,
Wo Klarheit uns in Aug und Seele blitzt!

Die Seele, die alsdann kein äuſſrer Schmuck betrüget,

Dringt in das nackte Weſen ein,
Und was beſtändig ſie vergnüget,
Muß edel, groß, muß ihrer würdig ſeyn.

Sie ſuchet nicht ihr Glück in ſchimmerreichen
Bürden,

In Ehre, Gold und ekler Pracht,
Nicht bey den thieriſchen Begierden,
Durch die ein Geiſt ſich Thieren ähnlich macht.

Sie ſucht und findet es in reiner Tugend Armen,
Die ſich für andrer Wohl vergiſſt,
Und, reich an göttlichem Erbarmen,
Vom Himmel ſtammt, und ſelbſt ein Himmel iſt.

Die

Die Liebe.

Da auf rauschendem Gefieder
 Zephyr uns den Frühling bringt:
So erwacht die Freude wieder;
Alles lacht und scherzt und singt.
Tanzt, o tanzet, junge Schönen!
Meiner sanften Leyer nach,
Welche nie mit leichtern Tönen
Unter meinen Händen sprach.

Alles fühlet nun die Triebe,
Die kein Herze stets verschwur:
Alles ladet euch zur Liebe,
Jugend, Frühling und Natur.
Wie bekannt wird euerm Ohre
Nun die Stimme schlauer Lust!
Und wie sträubt im regen Flohre
Sich die halbumflohrte Brust!

Soll.

Sollt ihr eine Wollust meiden,
Die den Weisen selbst bethört,
Und mit Bildern trunkner Freuden
Auch der Frommen Andacht stört?
Dürft ihr die Natur verdammen?
Ihr aufrührisch widerstehn?
Uns mit Liebe zu entflammen,
Schönen! wurdet ihr so schön.

Liebet, weil ihr lieben sollet!
Fliehet Platons Unterricht!
Wenn ihr niemals küssen wollet,
O! so liebet lieber nicht.
Weg mit Liebe, die nur denket,
Und, voll Schul-Gelehrsamkeit,
Stets im kalten Ernst versenket,
Auch Begierden sich verbeut!

Als in jenen dunkeln Jahren
Amor ganz platonisch hieß,
Und ihm von bestäubten Haaren
Keine Rose düftend blies:
Flog er fern vom stillen Scherze,
Bis zum Sirius hinauf,
Und besorgte seine Kerze
Schlechter, als der Sterne Lauf.

Ihn

Ihn vom Himmel abzubringen,
Da ihn Erd und Menschheit rief;
Kürzter ihr die stolzen Schwingen,
Holde Nymphen! da er schlief.
Da der Himmel ihm entgangen,
Flattert nun der Gott der Lust
Um die rosenvollen Wangen
Und um iede Liljen-Brust.

Aber wie an Frühlings-Morgen
Einer iungen Rose Pracht,
Würdig Zephyrs liebster Sorgen,
Würdig aller Wünsche, lacht;
Die bis Titans niedrer Wagen
Sich im Abend-Meer verliert,
Welket und in künftgen Tagen
Keine Blicke mehr verführt:

So verblühn mit kurzem Prangen
Auch die Bluhmen unsrer Lust,
Diese Rosen frischer Wangen,
Diese Liljen einer Brust.
Amor, fliehend, folgt der Jugend;
Und es fesselt nur Verstand,
In dem Schoose sanfter Tugend,
Ihn durch ein beglücktes Band.

Der

Der Schäfer.

Arkadien! sey mir gegrüsst!
  Du Land beglückter Hirten,
    Wo unter unentweihten Myrthen
Ein zärtlich Herz allein noch rühmlich ist!

  Ich will mit sanftem Hirtenstab
Hier meine Schafe weiden.
Hier, liebe! schenke mir die Freuden,
Die mir die Stadt, die stolze Stadt nicht gab.

  Wie schäfermäßig, wie getreu
Will ich Climenen lieben,
Bis meinen ehrfurchtsvollen Trieben
Ihr Mund erlaubt, daß ich ihr Schäfer sey?

  Welch süssem Traume geb ich Raum,
Der mich zum Schäfer machet!
Die traurige Vernunft erwachet:
Das Herz träumt fort und liebet seinen Traum.

Pa-

Palinodie.

Laßt ab von mir, ich will mich selbst verdammen;
　Gespenster! ach! die ihr mit Klauen dräut,
　Um Gräbern spukt und Kindern oder Ammen
Am liebsten sichtbar seyd!

Ich glaubte sonst: der Todte kommt nicht wieder;
Ein eisern Band hält seine Füsse fest:
Wo ist ein Grab, das die vermorschten Glieder
Aus kalten Armen läßt?

Im Grabe schläft Ulyß, nach langen Reisen;
Da schläft Achill, nur lebend im Gedicht:
Da kümmern sich die Narren, wie die Weisen,
Um andre Narren nicht.

So schwatzt Vernunft, die immer närrsch gewe-
　　　　　　　　　　　　　　sen:
Ich glaub indeß, was mein Barbier bezeugt,
Was wir im Faust und im Kalender lesen;
Und kein Kalender leugt.

Ich

Ich glaube nun die klägliche Geschichte
Vom schwarzen Mönch, der nächtlich wachen muß;
Den Heren-Tanz und Marthens Nacht-Gesichte,
Selbst Satans Pferdefuß.

Was Aberglaub im Finstern ausgebrütet,
Hört itzt mein Ohr, von banger Lust entzückt,
Seit über mich der Hypochonder wüthet,
Und mein Gehirn verrückt.

Der Jugend Roth flieht meine blassen Wangen:
Ich seh, erstaunt, mein schwarzes Haar gebleicht,
Und welke Haut um meine Knochen hangen:
Mein schwerer Odem keicht.

Ihr Larven, schont! verschont mein einsam Bette,
Wo ich allein und ohne Mädchen bin!
Was rasselt ihr mit nachgeschleppter Kette
Vor meinen Ohren hin?

Will ein Gespenst bey meinem Bett erscheinen,
So sey es Fleisch und fähig schlauer Lust,
(Versteht mich recht!) mit runden weissen Beinen
Und einer weissen Brust.

An

An die Scherze.

Wo seyd ihr hin, ihr schlauen Scherze?
　　Vermiß ich euch mit frühem Schmerze,
　　Noch ehe mich die Jugend flieht?
Die ihr muthwillig um mich schwebtet,
Und oft mein leichtgeflügelt Lied
Mit schalkhaftmunterm Witz belebtet!

Seht hier die vollen Gläser blinken!
Wie? meine Muse sieht mich trinken,
Und schlummert unermuntert ein?
Winkt Bacchus euerm stolzen Schwarme
Umsonst mit feuervollem Wein
Und in der Freundschaft holdem Arme?

Umsonst! wenn Amor euch verlanget,
Der immer an Cytheren hanget!
Seyd ihr auf ieden Wink bereit:
Und alle Grazien begleiten
Den Gott beglückter Zärtlichkeit,
Und Freude flattert ihm zur Seiten.

Bey mir wird jede Muse wilde:
Wir irren einsam durch Gefilde,
Durch Wälder, die der Herbst entlaubt;
Und scheinen, wenn durch öde Gründe
Der greise Nord verheerend schnaubt,
Noch rauher, als die rauhen Winde.

Da preis' ich ruhiges Ergetzen:
Kein Wunsch nach aufgehäuften Schätzen
Ermüde, sing ich, meine Nacht!
Mein freyes Herz trotz' unbesieger
Dem Ehrgeiz, der nur Sklaven macht,
Und seine Sklaven stets betrüget!

O möchte zwischen Wald und Sträuchen
Mein Leben still vorüber schleichen,
Wie jener Bach geruhig fleusst!
Wo in den Thälern in den Triften
Sich seine milde Fluth ergeusst,
Lacht fetter Klee und Bluhmen düften.

Verfliesst, ihr Tage meines Lebens,
Zwar unbemerkt, nur nicht vergebens
Für meiner Mitgeschöpfe Glück!
So mag von mir die Nachwelt schweigen!
So sey ein glänzendes Geschick
Dem glücklichkühnen Laster eigen!

Die

Die ruhige Unschuld.

Ein Strahl der Fröhlichkeit
  Erheitert meine Stirn auch in der bösen Zeit,
    Indeß aus grauenvollen Büschen
Voll ungetreuer Dunkelheit,
Die Nattern der Verläumdung zischen.

Sie lauert fürchterlich,
Still, wie die Mitternacht: ihr Köcher leeret sich
Von Pfeilen, die verderblich glühen,
Und ihre Funken rings um mich,
Entzündet in der Hölle, sprühen.

Zu meinem Schutze flammt
Der Unschuld feurig Schild! ich werd umsonst ver-
                                    dammt:
Die Tugend hat mich losgesprochen,
Da Schmähsucht, die vom Neide stammt,
Mir tückischflüsternd nachgekrochen.

Es fällt des Lästrers Zahn
Des Weisen Schätze nicht, nur seine Puppen an,
Die Puppen unsrer Kinderjahre,
Verdrängt uns auf der Ehre Bahn,
Und nagt am Lorbeer unsrer Haare.

Ich

Ich schwing an deiner Hand,
O Weisheit! mich empor, hoch über stolzen Tand,
Und kurzen Sonnenschein des Glückes,
Und seiner Freuden Unbestand,
Nur Freuden eines Augenblickes.

Es brüllt aus dicker Nacht
Der Donner unter mir, indeß mir Titan lacht,
Und reine Lüfte mich umwehen,
Und über giftigen Verdacht
Und niedre Schmähsucht mich erhöhen.

Hoch in den Wolken fleugt
Der Adler, wo ein Blick ihm ferne Raben zeigt,
Die sich beym Aas geschwätzig freuen:
Der königliche Vogel schweigt,
Und läßt die trägen Thiere schreyen.

Theo=

Theodicee.

Mit sonnenrothem Angesichte
　　Flieg ich zur Gottheit auf! ein Strahl von
　　　　　　　　ihrem Lichte.
Glänzt auf mein Saitenspiel, das nie erhabner klang.
Durch welche Töne wälzt mein heiliger Gesang,
Wie eine Fluth von furchtbarn Klippen,
Sich strömend fort und braust von meinen Lippen!

Ich will die Spötter niederschlagen,
Die vor dem Unverstand, o Schöpfer! dich verklagen:
Die Welt verkündige der höhern Weisheit Ruhm!
Es öffnet Leibnitz mir des Schicksals Heiligthum;
Und Licht bezeichnet seine Pfade,
Wie Titans Weg vom östlichen Gestade.

Die dicke Finsterniß entweiche,
Die aus dem Acheron, vom stygischen Gesträuche
Mit kalten Grausen sich auf meinem Wege häuft,
Wo stolzer Thoren Schwarm in wilder Irre läuft,
Und auch der Weise furchtsam schreitet,
Oft stille steht und oft gefährlich gleitet.

Die

Die Riſſe liegen aufgeſchlagen,
Die, als die Gottheit ſchuf, vor ihrem Auge lagen:
Das Reich des Möglichen ſteigt aus gewohnter Nacht.
Die Welt verändert ſich, mit immer neuer Pracht,
Nach tauſend lockenden Entwürfen,
Die eines Winks zu ſchnellem Seyn bedürfen.

Der Sertus einer beſſern Erden
Zwingt nicht Lucretien, durch Selbſtmord groß zu wer-
ben:
An keinem Dolche ſtarrt ihr unbeflecktes Blut.
Das leichenvolle Rom, der Schauplatz feiger Wuth
Und viehiſcher Domitiane,
Herrſcht unverheert in einem ſchönern Plane.

Doch Dämmerung und kalte Schatten
Gehn über Welten auf, die mich entzücket hatten:
Der Schöpfer wählt ſie nicht! Er wählet unſre Welt,
Der Ungeheuer Sitz, die, Helden beygeſellt,
In ewigen Geſchichten ſtrahlen,
Der Menſchheit Schmach, das Werkzeug ihrer Quaſen.

Eh ihn die Morgensterne lobten,
Und auf sein schaffend Wort des Chaos Tiefen tobten,
Erkohr der Weiseste den ausgeführten Plan:
Und wider seine Wahl will unser Maulwurfs-Wahn
In stolzer Blindheit Recht behalten,
Und eine Welt im Schoos der Nacht verwalten?   •

Von welcher Sonne lichtem Strahle
Weicht meine Finsterniß! Wie, wann aus feuchtem
                                    Thale
Der frühe Wandersmann auf hohe Berge dringt,
Schnell eine neue Welt vor seinem Aug entspringt,
Und Reiz die grosse Weite zieret,
Wo sich der Blick voll reger Lust verlieret:

Denn Fluren, die von Bluhmen düften,
Gefilde voll Gesangs und heerdenvolle Triften,
Und hier crystallne Fluth, vom grünen Wald umkränzt,
Dort ferner Thürme Gold, das durch die Wolken
                                    glänzt,
Begegnen ihm, wohin er blicket:
So wird mein Geist auf seinem Flug entzücket.

Ich

Ich habe mich empor geschwungen!
Wie groß wird mir die Welt! die Erde flieht verschlun-
                              gen:
Sie macht nicht mehr allein die ganze Schöpfung aus!
Welch kleines Theil der Welt ist Rheens finstres Haus!
Und, Menschen! welche kleine Heerde
Seyd ihr nur erst auf dieser kleinen Erde!

Gönnt gleiches Recht auf unserm Balle
Geschöpfen andrer Art! Ihr Schöpfer liebt sie alle:
Die Weisheit selbst entwarf der kleinsten Fliege
                              Glück.
Ihr Schicksal ist bestimmt so gut, als Roms Geschick
Und als das Leben einer Sonne,
Die glänzend herrscht in Gegenden der Wonne.

Seht, wie in ungemeßner Ferne
Orion und sein Heer, ein Heer bewohnter Sterne,
Vor seinem Schöpfer sich in lichter Ordnung drängt.
Er sieht, er sieht allein, wie Sonn an Sonne hängt,
Und wie zum Wohl oft ganzer Welten
Ein Uebel dient, das wir im Staube schelten.

Er

Er sieht mit heiligem Vergnügen
Auf unsrer Erde selbst sich alle Theile fügen,
Und Ordnung überall, auch wo die Tugend weint:
Und findet, wann sein Blick, was bös' und finster
                                         scheint,
Im Schimmer seiner Folgen siehet,
Daß, was geschieht, aufs beste stets geschiehet.

Es lebe mit gepriesnem Muthe
Die Gattinn Collatins! Es keimt aus ihrem Blute
Die Freyheit eines Volks, die einst Catone zeugt:
Bis kühne Tyrannen, vom Laster groß gesäugt,
Die spätverlassne Tugend rächet,
Und Rom durch Rom bestraft und strafend schwächet.

Entkräftet in verdienten Ketten,
Wie soll ich Latium vor fremden Joche retten?
Sieh! das entmannte Rom verfällt in Schutt und
                                         Graus.
Der kalte Norden speyt ein Volk der Wilden aus,
Das durchs Verhängniß überwindet,
Im Finstern saß und Licht und Wahrheit findet.

Die ihr ein Stück vom Ganzen trennet,
Vom Ganzen, das ihr bloß nach euerm Winkel kennet;
Verwegen tadelt ihr, was Weise nicht verstehn.
O könnten wir die Welt im Ganzen übersehn,
Wie würden sich die dunkeln Flecken
Vor unserm Blick in grössern Glanz verstecken!

Soll Welten alles Böse fehlen?
So musste nie den Staub der Gottheit Hauch besee-
len;
Denn alles Böse quillt bloß aus des Menschen Brust:
So muß der Mensch nicht seyn : welch grösserer Ver-
lust!
Die ganze Schöpfung würde trauern,
Die Tugend fliehn und ihren Freund bedauern.

Ihr Weisen! hättet nie entzücket,
Die ihr die Schöpfung mehr, als hundert Sonnen,
schmücket,
Und Ordnung herrschte nicht im Reiche der Natur,
Die niemals flüchtig springt, und stuffenweise nur
Auf ihrer güldnen Leiter steiget,
Wo sich der Mensch auf mittlern Sprossen zeiget.

Vom Wurme, der voll grösser Mängel
Aus schwarzer Erde kreucht, und vom erhabnen Engel
Sind Menschen gleich entfernt, und beyden gleich ver-
                                        wandt.
Ihr freyer Wille fehlt, ihr himmlischer Verstand
Entflieget nie der engen Sphäre:
Stets fesselt ihn des Leibes träge Schwere.

Es rauschen laute Spöttereyen
Um mein verachtend Ohr: viel stolze Klugen schreyen
Den armen Sterblichen des Willens Freyheit ab.
Die Sklaven! welche das, was weise Güte gab,
Der Menschen Vorrecht, nicht erkennen,
Und, gleich dem Vieh, sich dessen unwerth nennen!

Verzärtelt eure Leidenschaften;
So herrschen sie zuletzt: sie bleiben ewig haften;
Ein diamantnes Band knüpft sie an euer Herz.
Der freygeborne Geist erblickt, nicht ohne Schmerz,
Sich endlich in verjährten Banden,
Und ist ein Knecht, weil er nicht widerstanden.

In allen Ordnungen der Dinge,
Die Gott als möglich sah, war Menschenwitz geringe:
Der Mensch war immer Mensch, voll Unvollkommenheit.
Durch Tugend soll er sich aus dunkler Niedrigkeit
Zu einem höhern Glanz erheben,
Unsterblich seyn, nach einem kurzen Leben.

Mein Schicksal wird nur angefangen,
Hier, wo das Leben mir in Dämmrung aufgegangen:
Mein Geist bereitet sich zu lichtern Tagen vor,
Und murrt nicht wider den, der mich zum Staub er-
                              kohr,
Mich aber auch im Staube liebet,
Und höhern Rang nicht weigert, nur verschiebet.

Sieg

Sieg

des

Liebesgottes.

Ein Gedicht.

Erstes Buch.

Ich will den Liebesgott und seinen Sieg,
   besingen:
      O lorbeerwerther Sieg! Selinden
         zu bezwingen,
      War Stutzern zwar zu schwer, zu
         groß ihr Widerstand:
Umsonst! sie ward besiegt, und Amor überwand.
Es müsse dieses Lied kein rauher Ton entehren!
Doch wer von Liebe singt, den muß die Liebe lehren.
Begeistre du mich selbst, o Göttinn schlauer List,
Die du der Grazien, wie Amors Mutter bist!
Entflammt mich deine Glut, so wird mein Lied gefallen;
So wird mein ewig Lied um Paphos wiederschallen.
Vergnügt mein Saitenspiel, ihr Schönen! euer Ohr:
So zieh ich diesen Ruhm zehn Lorbeerkränzen vor.

Es war die heisse Zeit, und Luft und Erde glühten;
Es lechzte dürres Gras, wo jüngst Violen blühten;
Die Aue war verbrannt und Sirius erwacht;
Der manch Gehirn verrückt, manch neuen Dichter macht.

§ 4   Kein

Kein Amor zeigte sich: er war mit schlaffem Bogen,
Verdrossen, unbelebt, nach Paphos hingeflogen.
Dort rauscht von holdem West ein ihm geweihter Wald,
Der Freuden Sammelplatz der Wollust Aufenthalt.
Mit Lust verwirrt man sich in dichtverwachsnen Gän-
gen,
Wo in geheimer Nacht sich Myrth und Lorbeer drängen.
Auf allen Seiten lockt die süsse Nachtigall:
Hier murmelt nur ein Bach, dort braust ein Wasserfall.
Die weißbeschäumte Fluth stürzt von bebüschten Hü-
geln,
Und wird ein stiller See, in dem sich Bluhmen spiegeln.
Der weichen Rasen Grün, der Büsche Dunkelheit
Und alles reizet hier verbuhlte Zärtlichkeit.
Das stumme Schweigen stund vor diesem Götterhayne,
Der, allzeit anmuthvoll bey schwülsten Sonnenscheine,
Nun unter kühlem Laub den Liebesgott empfieng,
Um dessen heisse Stirn die matte Rose hieng.
Hier gaukelten um ihn in jugendlichen Reihen
Der Scherze reger Schwarm, die sanften Schmeiche-
leyen,
Die leichte Hoffnung selbst, verhüllt in dünnem Flohr,
Betrug und Lüsternheit und Amors ganzes Chor.
Es mischte sich verwirrt in ihre Lustbarkeiten
Der Stimmen Zauberton, die Anmuth reiner Saiten.
Aus euerm schönen Mund, ihr Grazien! erklang
Manch Lied Anakreons, manch sapphischer Gesang.
O sagt, (euch ists bewust,) was Amors Ruhe störte,
Der in der Wollust Schoos auf eure Lieder hörte?
Rief diesen Gott ein Schmaus, den ihm Knäus gab,
Ein feyerlicher Tanz, zu Cyperns Nymphen ab?

Nein!

Nein! Zephyr hatte nun was grössers vorzutragen.
Man weis ia Zephyrs Dienst: er trägt verliebte Kla-
                                        gen
Dem Liebesgotte vor: ein mühevolles Amt,
Zu welcher Sklaverey die Dichter ihn verdammt!
Er flog halb athemlos vor Amors Antlitz nieder,
Und stund und schüttelte sein thauendes Gefieder.
Die Büsche flisterten den Lippen Zephyrs nach,
Der Bluhmendüfte blies und lispelnd also sprach:
Dorante sendet mich; wie lange soll er leiden?
Du bist ihm ein Tyrann, kein Gott gewünschter Freu-
                                        den.
Ich liebe, sprach er heut, und saß beym frühen Thee,
Im Schlafrock eingehüllt, auf einem Canapee.
Ich liebe! fuhr er fort; wie rein sind meine Triebe!
Zu redlich ist vielleicht, zu standhaft meine Liebe,
Nicht wie der Stutzer liebt, der niemals zärtlich ist,
Und sich für zärtlich hält, bloß weil er gerne küßt.
Der Sommer kam und wich, eh ich Selinden sagte,
Was doch mein stilles Ach! ihr öfters furchtsam klagte:
Und seit mein kühnrer Mund um spätes Mitleid bat,
Reift nun zum andernmal der Felder bleiche Saat.
Wie offt hat in der Zeit die Hoffnung mich betrogen!
Die heute mich verschmäht, schien gestern mir gewogen.
Wie oft hat nur ein Blick, ein Druck der schönen Hand
Ihr mein empörtes Herz aufs neue zugewandt!
Doch sah ich sie vielleicht, nach dreyen Augenblicken,
Auf andre schmachtend sehn, auch andrer Hände drü-
                                        cken.
Wer für Selinden seufzt, wird niemals abgeschreckt;
Und schlummert Amor ein, so wird er aufgeweckt.

O Liebe! duldest du zu sehr getheilte Flammen?
Muß nicht Selinde selbst ihr zweiflend Herz verdammen?
Sie liebet mich vielleicht: vielleicht betäubet nur
Der Mode Tyrannen die Stimme der Natur.
Ich soll bey Lesbien sie heut im Garten sehen:
Begleite mich dahin, mir hülfreich beyzustehen.
Wenn etwas rühren kann, so rühre sie mein Schmerz,
Mein Herz voll Zärtlichkeit, mein ehrfurchtsvolles Herz!

Als Zephyr ausgeredt, entwich er ins Gesträuche,
Dorante kennt nicht sehr die artigen Gebräuche,
Sprach Amor: Ehrfurcht macht ihn schwerlich liebens-
                                        werth:
Nicht allzu zärtlich sey, wer Gegengunst begehrt.
Ihn liebt Selinde nicht; sie liebt allein Selinden:
Doch heute soll ihr Herz bey Lesbien mich finden.
Es fall ihr alter Troß zu meinen Füssen hin,
Wofern ich was ich war, wofern ich Amor bin!
Er schwieg und wollte fliehn, voll muthiger Entschlüsse:
Die Wollust widersprach durch schlauberedte Küsse:
Und ihr entblößter Arm, dem Schnee an Weisse wich,
Hieng um des Gottes Hals, und widersetzte sich,
Du reisest? seufzte sie, und wie? trotz wilder Hitze,
Nach Deutschlands Wüsteney, nach dummer Gothen
                                        Sitze?
Ein Franzmann machte mir dieß rauhe Volk bekannt:
Dort fesselt ewig Eis die Herzen, wie das Land,
Du suchest Palmen dort, wo ich nur Barbarn sehe?
Man weis von Liebe nichts, man weis nur von der Ehe:
Da ist ein Ehverspruch ein häuslicher Vertrag,
Der nur die Nachwelt pflanzt, nur süß' auf einen Tag.

Soll

Soll eine Heirath dich von meiner Seite trennen?
Der träge Hymen mag den Gatten einst benennen,
An dessen treuer Brust Selinde gähnen soll,
Von deren Reiz bisher so manch Sonnet erscholl!

Ein himmlisch Lächeln strahlt in Amors Angesichte,
Indem die Wollust sprach, betrogen vom Gerüchte.
Er spricht: was du gesagt, mag wahr gewesen seyn:
Doch, Freundinn! dein Bericht trift heute nicht mehr ein.
Dem Gallier hat stets dein willig Ohr geglaubet,
Der dir den Weihrauch brennt, den er der Liebe raubet:
Dem alles, wo nicht ganz, doch halb barbarisch dünkt,
Was nicht mit erster Lust die bessre Seine trinkt.
Die Deutschen sind nicht mehr die rohen Alemannen,
Die nur auf Jagd und Krieg in armen Hütten sannen:
Die liebten, (lache nicht und höre noch ein Wort!)
Zwar nicht, wie in Paris, doch redlicher, als dort.
Sie haben nun gelernt, ihr Vaterland verlernen,
Und mit dem starren Bart auch die Natur entfernen.
Nun modelt Frankreichs Witz das weite deutsche Reich:
Es wird ein männlich Volk den Sybariten gleich.
Durch Stutzer führt es Krieg, durch Stutzer macht
es Frieden,
Stellt Stutzer zum Altar statt bärtiger Druiden.
Tracht, Witz und Sprache hohlt sich Deutschland aus
Paris,
Das Fremde für ihr Geld stets willig unterwies.
Ein Volk, das überall, was Frankreich vorgeschrieben,
Als ein Gesetz befolgt, wird auch französisch lieben:
Das ist, nur obenhin, von Zwang und Ehrfurcht frey,
Stets lebhaft, ungestümm und immer ungetreu.

Auch

Auch Deutsche lieben so, entbrannt von edlem Neide:
Sie sind ganz umgewandt; man sieht nur seine Freude.
Die Dichtkunst nehm ich aus, die unvollkommner bleibt:
Halb Deutschland liest entzückt, was ieder Knabe
                                      schreibt.
Einst flog ich durch ein Thal, in dessen frischen Schatten
Die Knaben einer Trift sich hingelagert hatten.
Sie spielten, und ihr Spiel hieß das Poetenspiel:
Der Nahme war mir neu, der Nahme selbst gefiel.
Hans trat wie rasend auf, und sang in wilder Ode,
Mit einem rauhen Ton, ein Sprüchelchen vom Tode,
Und pries den weisen Mann, der schlau die Sorgen
                                     schwächt,
Und, im betrunknen Gras sanft hingegossen, zecht.
Schalkhafte Scherze ließ der dicke Kunz erschallen:
Ich hätte fast geweint; er durfte nichts, als lallen.
So lallt ein iährig Kind mit kindisch reger Lust,
Bey einem Zucker-Brod, an seiner Mutter Brust.
Kaum lallte Matz, wie er, und sang doch von der Liebe!
Ach! Hanne! rief er aus; sieh, wie ich mich betrübe!
In Thränen bad ich mich, indem ich deinen Kuß,
Dein seelenvolles Aug abwesend missen muß.
Du hättest sollen sehn, wie Matz mit seinen Thränen
Die Dichterprobe hielt! wir mußten alle gähnen.
Wie hat durchs Hirtenlied des Hirten Sohn entzückt,
Der seines Vaters Ton vollkommen ausgedrückt!
Ein deutscher Schäfer nur kann, wie der Junge, spassen:
Görgs Lustspiel selbst mußt ihm der Schwänke Vorzug
                                     lassen.
Zuletzt erzählte Mops, mit Pappeln um sein Haupt,
Wie Muthe, da er schlief, ihm seinen Huth geraubt.

                                     Mehr

Mehr Sylphen dienten ihm, als zwanzig Hexenmeistern,
Als einem Gabalis; es spückte recht von Geistern.
Ich lacht und eilte fort; und kaum verfloß ein Jahr,
Als alles nett gedruckt und schnell verkaufet war.
Zu lange säum ich mich, da Lorbeern meiner warten:
O Göttinn, lebe wohl! ich eile nach dem Garten.

So sprach er und verließ der Wollust weichen
          Schoos;
Mit Mühe riß er sich von ihren Küssen los:
Wie Hector in den Streit aus Priams Mauern eilte;
Und wann Andromacha in seinem Arm verweilte,
Sich ohne Wehmuth nicht, doch als ein Held, entzog,
Und von geliebter Brust dem Sieg entgegen flog.
Der volle Köcher schwirrt um Amors nackte Lenden;
Sein güldner Bogen droht in sieggewohnten Händen.
Nun schwingt er sich empor: auf sein gebiethend Wort
Rauscht sein Gefolg mit ihm aus Cyperns Büschen fort.
Indessen rings um ihn gelinde Weste spielen,
Und die erhitzte Luft mit ihren Flügeln kühlen;
Entbrennt, wo Amor fliegt, in ungewohnter Glut,
Das Herz der Sterblichen und alt und junges Blut.
Die Seufzer steigen auf, mit Klagen über Wunden
Und Schwüren steter Treu, die in der Luft verschwunden.
Des Gottes Ungeduld und blitzgeschwinden Lauf
Hemmt kein gemeiner Sieg: er sucht Selinden auf.

Zweytes Buch.

Indeß prangt Lesbia in ihren kühlen Zimmern,
   Die nach dem Garten sehn und reichbekleidet
       schimmern.
Daselbst versammeln sich, indem der Coffee winkt,
Die Artigsten der Stadt und wer sich artig dünkt.
Von allen Lippen rauscht ein fliessend Wortgepränge:
Die Neugier schleicht herum im lärmenden Gedränge,
Und starrt mit gleicher Lust bald glänzend Porcellan,
Bald einen jungen Herrn und bald ein Möpschen an.
Die Wirthinn geht und kömmt; und all ihr Thun belebet
Der freyen Sitten Reiz, die unsre Zeit erhebet.
Wer nennt so oft, wie sie, Paris und grosse Welt,
Und mahlt mit höherm Rath verblühter Wangen Feld?
Doch, Muse! steige selbst von deinem steilen Hügel:
Crispin fliegt immer hoch; ich schone meine Flügel.
Steig auch einmal herab, und sage mir getreu,
Was diesen Tag geschehn, wer hier gewesen sey.

Die stille Galathee, die Spielerinn Chlorinde,
Nebst Chloen, die ich stets bey ihrer Mutter finde;
Die fromme Dorilis, die ihren Ehmann plagt,
Und bis er mit ihr singt, ihm ihren Kuß versagt:
Und andre mehr sind hier, wovon die Muse schweiget,
Weil sich Selinde selbst im höhern Reize zeiget.

Wie

Wie strahlt die weisse Haut! der blauen Augen Scherz,
Der feuervolle Blick verräth ein loses Herz.
Der schlanken Glieder Bau, durch Grazien geschmü-
     cket,
Der anmuthvolle Gang, die Stimme selbst entzücket.
Der Schultern Marmor glänzt zu aller Augen Lust,
Und unverborgen hebt sich ihre volle Brust.
Denn was die alte Welt in dreyfach Tuch verstecket,
Hat unsre klügre Zeit den Kennern aufgedecket.
Die Schönen gehn halbnackt: o angenehme Zeit!
Wer sieht so schönes Fleisch nicht lieber, als ein Kleid?
Wie kann ein Stutzer-Herz sich vor Selinden retten?
Sie lächelt ieden an, man hofft nur leichte Ketten.
Ihr gaukelt alles zu, was wohl zu leben weis:
Sie scheinet lauter Glut, und bleibet lauter Eis.
Dorante hangt entzückt an seiner Göttin Augen,
Und will Unsterblichkeit aus ihren Blicken saugen,
Und will auf ihrer Stirn, wo selten Wolken stehn,
Des Himmels Wiederschein, platonisch zärtlich, sehn.
So denkt nicht Ganymed aus der Erobrer Orden;
Nicht Mokles, welcher doch Magister iüngst gewor-
     den;
Gewiß auch nicht Cleanth, der zum Scribenten reift,
Bald dieß, bald jenes Bein tiefsinnig hebt und pfeift.
So denkt nicht Selimor: sein Kleid und seine Sitten
Sind nach der besten Art französisch zugeschnitten,
Und einem Herrn gemäß, der Gallien betrat,
Und erst beym letzten Schnee die grosse Reise that.
Er buhlt, er spielt, er flucht, nimmt Spaniol und la-
     chet:
Ein Held in allem dem, was Frankreich artig machet,

        Der

Der über Schönen leicht, auch ohne Liebe, siegt,
Bey Zehnen zärtlich ist, sie alle Zehn betrügt.
Der stolze Selimor erblickte kaum Selinden,
Sogleich entschloß er sich, auch sie zu überwinden.
Sein Herz verbarg sich nicht, auch vor der Lesbia,
Die ihn doch gestern erst zu ihren Füssen sah.
Er dacht auf neuen Sieg, bey diesem Freudenfeste,
Und seufzte kriegerisch zu seiner liebsten Weste.
Sie stammt' aus Lyon her, vom Golde starrt' ihr
Grund,
Worauf in buntem Flor ein ganzer Frühling stund.
Er neigte sich zu ihr in Demuth bis zur Erde,
Und redete sie an, wie Hecktor seine Pferde.
Nun, sprach er, ist es Zeit, o Wunder kluger Kunst!
Beweise, was du kannst, sey würdig meiner Gunst!
Heut ist Gelegenheit, die Liebe zu belohnen,
Da ich dich höher hielt, als Wissenschaft und Kronen.
Ich theilte stets mit dir der Lorbeern süsse Last,
Die bey den Schönen du für mich erkämpfet hast.
Selinde scheint mir schön: wird sie mich lieben müssen,
So werd ich öfter dich, als ihre Lippen küssen;
Und wann der Mode Stolz dich nicht mehr leiden
kann,
So weis ich deinen Platz bey Orpheus Leyer an.
So sprach er und besah die Baukunst seiner Locken,
Und fühlte seinen Werth und ward so unerschrocken,
Als unter Feinde sich der feige Neger drängt,
Wann ihm des Priesters Hand geweiht Papier um-
hängt.
Zum Teufel! fängt er an; ich liebe ja zum Rasen!
Selinde! weil Sie selbst mein Feuer aufgeblasen,

So

So lieben Sie mich bald: welch langer Widerstand!
Der Held bemächtigt sich der liljenweissen Hand:
Er küßt sie zwanzigmal und seufzt bey dreistem Scherze:
Wer liebt so ehrfurchtvoll? wie zärtlich ist mein Herze!
Drauf seufzt er noch einmal, und flattert singend fort,
Und flattert wieder her an seinen alten Ort.
Dorante girrt indeß, gleich einem Turteltäuber:
Doch iener fordert kühn, fast wie ein Strassenräuber,
Der, wann die Finsterniß die trägen Flügel schwingt,
Des bangen Wandrers Geld mit bloßem Stahl erzwingt.

Selinde saß voll Ruh und übersah im Streite
Die Scenen eines Kriegs, der ihrem Herzen bräute
Und flammte selbst ihn an und wich und bebte nicht,
Und wies dem schwersten Sturm ein lächelnd Angesicht:
* Wie unter schwarzer Nacht und heischrer Donner Brül-
                                                    len
Der Cherub Addisons, sein Strafamt zu erfüllen,
Mit himmlisch heitrer Stirn dem wilden Sturm gebeut,
Auf Wirbelwinden schwebt und rothe Blitze streut.
So sah die Heldinn aus, die unbeschädigt lachte,
Da über ihrem Haupt ihr treuer Schutzgeist wachte.
Den angenehmen Geist beseelt ein Frauensinn:
Er schielt nach seinem Reiz in alle Spiegel hin.
Um seine Schultern rauscht ein purpurnes Gefieder,
Und frey und offen fließt um seine leichten Glieder

                                                    Ein

* Das erhabene Gleichniß, welches hier parodiret wird,
   stehet in Addisons Campaign, einem Gedichte auf den
   Sieg bey Höchstädt.

Ein schimmerndes Gewand, das alle Farben strahlt,
Die frischgefallner Thau auf bunte Wiesen mahlt.
Er liebt Geräusch und Putz, und seine Locken wallen,
Die düftend von Jesmin, unaufgebunden fallen.
Es flammt sein güldner Schild, auf dem in voller Pracht
Die Rose buhlerisch zehn Schmetterlingen lacht.
Nun hieng sein süsser Mund am Ohre seiner Schönen,
Ward bloß von ihr gehört und sprach mit sanften Tönen:
Sieh, Schönste, deinen Sieg! der Stutzer Auge starrt;
Und keine Schönheit gilt in deiner Gegenwart.
Dein Joch komm heute noch auf alle diese Seelen!
Kann doch selbst Selimor sein Feuer nicht verhehlen.
Er liegt vor dir, besiegt, der allzeit Sieger war:
Und sieh, welch glänzend Kleid! wie lockige ist sein
                              Haar!
Dorante muß indeß nicht ganz versäumet werden:
Mit gleicher Ehrfurcht liebt kein Sterblicher auf Er-
                              ben.
Sein edles Herz erzwingt den Beyfall aller Welt;
Er werde hochgeschätzt; doch Selimor gefällt.
Erhalte sie durch Huld; erkläre dich für keinen:
So sind sie beede dein; doch du verlierest Einen,
Wann dein erweichtes Herz dem andern sich ergiebt,
Und bürgerlich nur ihn mit kalter Treue liebt.
Verfolge deinen Sieg, erhitze die Begierden
Durch unbemerkte Kunst und schlau verrathne Zierden.
Ruht ein so schöner Arm, durch Brabants Fleiß ver-
                              hüllt?
Er zeige sich entblößt und weis auf jedes Bild!
Vortreflich! sieh umher! der Stutzer Wangen glühen.
Der Schönen Auge will verächtlich vor dir fliehen:

                              Doch

Doch ihr zerstreuter Blick gesteht Verdruß und Neid;
Und alles huldigt hier nur deiner Göttlichkeit.
Wenn ein Verehrer-Schwarm dein stolzes Herz beglü-
                               cket;
Wenn ihrer Lippen Ach! dein lüstern Ohr entzücket,
Und neuer Siege Ruhm, Selinde! dich vergnügt:
So siege, weil du kannst, und werde nie besiegt.

    So sprach der schlaue Geist, dem auch Selinde
                                glaubte,
Ihr eigen Herz behielt und andrer Herzen raubte.
Bald matt, bald feurig flog ihr unterwiesner Blick
Auf Sieg begierig aus und siegreich stets zurück.
Der muntre Selimor betäubt sie nicht mit Klagen;
Er hat auch Lesbien und allen was zu sagen;
Und wann er gnug geschwatzt, so trillert iedem Ohr
Sein liederreicher Hals ein Gassenliedchen vor.
Er würzet sein Gespräch mit klugerlerntem Spotte,
Scherzt bald mit seinem Hund und bald mit seinem Gotte.
Denn welcher iunger Herr, der nach Paris gereist,
Stellt keinen Witzling vor, spielt keinen starken Geist?
Die Freude lachte laut an diesem schönen Orte;
Ein guter Nahme starb von iedem ihrer Worte:
Man setzte sich zum Spiel, man gähnte, man betrog,
Bis Amor ins Gemach durchs offne Fenster flog.
Er wurde nicht gesehn, er wurde nur empfunden:
O welche Regungen, welch sanft Gezisch entstunden!
Man sah, wohin man sah, verstohlner Blicke Lauf,
Und schnelle Röthe gieng in iedem Antlitz auf.
Selinde schien bewegt; ihr sichres Herz erbebte
Von Amors Gegenwart, der ihr so nahe schwebte.

               M 2   Ihr

Ihr Schutzgeist aber warf sein trotzig Haupt empor,
Und setzte seinen Schild den Pfeilen Amors vor.

   Welch unerträglich Bild! ein Liebesgott mit Pfei-
                              len,
Die mit verwegnem Flug auf schöne Busen eilen!
Die alte Rüstung weg! wer wird so griechisch gehn?
Allein die Muse sagts: die hat ihn doch gesehn.
Sie hat mit angeschaut, wie seine Pfeile flogen,
Geschnitzt aus leichtem Buchs: vergüldet war der Bo-
                              gen;
Und hätte sie nur Zeit, stets mahlerisch zu seyn:
So sagte sie uns mehr; wir schliefen aber ein.
Sie sah den güldnen Schild vor ihren Augen blitzen:
Die Pfeile prallten ab mit umgebognen Spitzen.
O welch verfluchter Geist! rief Amor voller Wuth;
Geist närrscher Eitelkeit, Verächter süsser Glut!
Soll sich Selinde nie zu ihrem Heil entschließen,
Nur immer sieghaft seyn und keinen Sieg genießen?
Und lernt sie nicht verstehn, wie schnell die Zeit ver-
                              fliegt?
Wie schnell die Schönheit welkt und wenig Jahre siegt?
Wird, immer unruhvoll, sie nur Begierden fühlen,
Die jedes Nichts entflammt und Augenblicke kühlen?
Die Wollust selbst ist matt, wenn, kalt und unergötzt,
Das Herz nicht Antheil nimmt, sich sträubt und wider-
                              setzt.
Selinde soll durch mich der Liebe Necktar schmecken:
Ich will Natur und Wunsch in ihrer Brust erwecken:
Ich will, verhaßter Geist, der mir zuwider ist!
Und wenn Gewalt nicht hilft, so zittre vor der List.

                                             Er

Er schwieg und sah umher auf andrer Schönen Wangen
Die Würkung seiner Macht, ein glühendes Verlangen.
Voll Unruh war ihr Blick, Gespräch und Scherz mißfiel,
Und auch das Lomber hieß ein unerträglich Spiel.
Nur ein Quadrille-Tisch blieb ungetrennt beysammen,
Und Matadoren wich der Gott verliebter Flammen.
Zween Herren spielten fort: bereut wird ieder Tag
Von Seelen ihrer Art, wo niemand spielen mag.
Hierzu verschwuren sich zwo ächte Spielerinnen,
Mit hohlen Augen, bleich, voll Eifers zu gewinnen,
Der sich bey schlimmem Glück in wilden Blicken wies,
Und alle Grazien aus ihrem Antlitz stieß.
Die andern sprungen auf und flogen nach dem Garten,
Und iedes Herze schlug von freudigem Erwarten.
Des Wunsches Ungeduld riß ihre Füsse fort:
Der Garten zeiget sich: die Schönen sind schon dort.

Drit-

Drittes Buch.

Nun kühlte sich die Luft bey Titans niederm Lichte,
Der zur bestrahlten See mit rothem Angesichte
In güldnen Wolken sank, indeß der Pflanzen
               Grün
Und Flora glänzender und alles lachend schien.
Es weht' ein frischer West und blies auf allen Wegen
Der Bluhmen Ambraduft mit süssem Hauch entgegen.
Die Ferne schwärzte sich durch manchen Lindengang,
Wo nie der volle Tag durch grüne Wände drang.
Dort war ein Ueberfluß an dunkeln Cabinetten
Und Schatten, hohem Gras und sanftem Rasenbetten,
An allem, was mit Fleiß die Wollust ausgedacht,
Was ihren Gartendienst bequem und reizend macht.
Dahin vertheilte sich die schnell zerstreute Menge.
Ein Paar ums andre schmilzt in die verschwiegnen Gänge
Vom großen Haufen weg, wie wann ein Frühlingswind
Die lauen Flügel regt und sein Geschäft beginnt:
Alsdann der lockre Schnee von schimmerreichen Höhen
In Thäler murmelnd schleicht, die Berge fleckigt stehen,
Bis aller weisser Glanz allmählig sich verliert,
Und nur ein seltnes Grün die nackten Gipfel ziert.
Die weise Dorilis, die lauter Seele scheinet,
Oft auf die Weltlust schmählt und oft beym Enbach wei-
               net,
Vertrug den Ganymed, der manchmal klüglich schwur,
Daß ein Geheimniß nie dem treuen Mund entfuhr.

                                 Sie

Sie schwatzte so vertieft, vielleicht, wie ich vermuthe,
Von Pflicht und keuschem Stolz und von dem höchsten
Gute;
Daß ihr verirrter Fuß in finstre Büsche kam,
Wo ihre Geistigkeit ein sinnlich Ende nahm.
Auch Chloe wagt sich hin: sie, die erst aufgeblühet,
Und sich um neuen Putz und nicht um Witz bemühet,
Wie ihre Mutter denkt, wie ihre Köchinn spricht,
Hört dem Magister zu; versteht ihn aber nicht.
Nachdem zween Sommer lang der Mann sich blaß ge-
lesen,
Und nun aus Wolfen weis, was beste Welt und We-
sen
Und Lieb und Schönheit sind: so wünscht sein menschlich
Herz
Nun auch verliebte Lust und ungelehrten Scherz.
Er fühlet sich bereit, nach ehlichen Gesetzen
An seiner Chloen Werth sich sinnlich zu ergetzen;
Und folglich liebt er sie, und fraget mit Geschrey,
Ob sie nicht auch entzückt von seinem Werthe sey.
Das unschuldvolle Kind! was hat sie ihm zu sagen?
Sie weis nur Ja und Nein; und weil auf seine Fragen
Sie deren keines wählt, und keine Mutter sieht,
Erröthet sie, verstummt, weint endlich und entflieht.

Der süsse Selimor, der zärtliche Dorante,
Selinde, Lesbia, die allen Zwang verbannte,
Verweilten um den Ort, wo rauschend Wasser sprang,
Das eines Tritons Mund aus krummen Horne zwang.
Dort glänzte Tyndaris, von Marmor ausgehauen:
Ihr holdes Angesicht wies Liebe, Scham und Grauen,

Und

Und wandte sich verwirrt vom Paris, der sie trug,
Und seinen weichen Arm um ihre Lenden schlug.
Ihr thränend Auge schien den Himmel anzuflehen:
Die Haare flogen wild nach reger Lüfte Wehen:
Den schönsten Leib verrieth ihr fliehendes Gewand:
Dem Paris wird verziehn; wer hätte nicht gebrannt?
O welche volle Brust! ruft Selimor entzücket:
Doch eine blüht für mich, die grössre Schönheit schmü.
                                        cket.

Er blickt, indem er spricht, Selinden schalkhaft an,
Die durch ein Lächeln dankt und kaum erröthen kann.
Wie schlau weis Lesbia dieß kühne Lob zu rächen!
Ach! spricht sie, Selimor! Sie wollten mit mir sprechen!
Was ists? recht sehr geheim? so kommen Sie geschwind!
Ich glaube, daß Sie toll mit Ihrem Zaudern sind.
Ja , doch , ein andermal! sprach Selimor mit Lallen;
Und seine Zunge ließ nur halbe Worte fallen.
Doch folgt' er Lesbien, die unbarmherzig gieng,
Und sich an seinen Arm gebietrisch lächelnd hieng.
Der Henker hohle sie mit ihren Teufelsränken!
Murrt Selimor bey sich: was wird Selinde denken?
Ich weis, das gute Kind ist inniglich betrübt:
Allein kann ich dafür, daß iedermann mich liebt?
Die Schönheit fesselt mich, wo ich die Schönheit finde:
Drum lieb ich Lesbien; drum lieb ich dich, Selinde!
Vergebens bildet sich dein Stolz ein anders ein:
Nie wird ein Selimor ein treuer Schäfer seyn.

Paris und London denkt, wie Selimor gedach-
                                        te,
Der nun mit Lesbien ganz unbekümmert lachte.

                                        Sie

Sie kamen im Gebüsch an eine Rasenbank,
Wohin, um auszuruhn, die müde Schöne sank.
Nun raubt er einen Kuß von ihren warmen Wangen:
Ihr unberedter Mund bestraft sein Unterfangen:
Ach! plagen Sie mich nicht! • Vergeben Sie, ich
muß!
Dem ersten folgte bald ein zweyter, dritter Kuß.
Allein was wollen Sie? es ist nicht auszustehen!
Sie müssen, Selimor, hin zu Selinden gehen.
Selinden sagen Sie? und sehn ich mich nach ihr,
Versetzte Selimor? bin ich nicht besser hier?
Wie aber? fuhr er fort; Sie wollen meine Flammen
Zu peinlichem Verzug, wie ein Roman, verdammen?
Soll dieser dunkle Busch vergebens dunkel seyn?
Ist uns die Liebe fremd? und sind wir nicht allein?
Nun warf er ungestümm sich Lesbien zu Füssen,
Fiel über ihre Hand mit gierigheissen Küssen,
Und küßte Mund und Brust: sie hielt ihn schwach zu-
rück;
Und nur von Wollust sprach ihr halbgebrochner Blick.
Die schwere Zunge schwieg, von stummer Lust gebun-
den:
Da war kein Widerstand; sie gab sich überwunden.
Sie seufzte: Selimor! •• Auch Zephyr seufzte nach,
Der lispelnd im Gebüsch von ihren Küssen sprach.

Du küssest Selimor? und nicht Selindens Wan-
gen?
Wohin verirret sich dein flatterndes Verlangen?
Selinden, welche dir so liebenswürdig schien,
Die dich vielleicht schon liebt, kannst du gelassen fliehn?

Dorante war allein bey ihr zurückgeblieben,
Und sprach nun ungestört von seinen bessern Trieben.
Durch seine Lippen sprach Natur und Zärtlichkeit,
Da iede reizend ist und allem Reiz verleiht.
Doch welche Muse darf ihm nachzusprechen wagen?
Romanenmäßig schallt die Zärtlichkeit der Klagen
In unser ekles Ohr, das Crebillon ergetzt,
Der Wollust Girren rührt und Amors Ach! verletzt.
Ein schalkheitvoller Mund mit ungetreuen Schwüren,
Nicht ächte Liebe, kann ein heutig Herze rühren.
Die Schöne, wenn sie liebt, denkt nur auf süssen
                              Scherz,
Und sieht auf äussern Glanz und sieht nicht auf das Herz.
Dorante sprach umsonst, der nicht vom Golde strahlte,
Nicht fremdes Geld verthat und seine Schulden zahlte.
Selinde blies durch Lob in seiner Liebe Brand,
Und lobend gähnte sie mit vorgehaltner Hand.
Sie wallten auf und ab in bluhmenvollen Steigen,
Mit feyerlichem Ernst und oft in tiefem Schweigen;
Und kamen an den Busch, wo im bethauten Gras
Sich Selimor berauscht bey Lesbien vergaß.
Kaum hörte Lesbia das Rascheln fremder Tritte,
So wischte sie davon mit unbemerktem Schritte:
Indeß mit offner Stirn, wie nach der besten That,
Der dreiste Selimor hin zu Selinden trat.
Vergebens, fieng er an, mit wahrem Stutzer-Wi-
                                ße;
Entflieh ich im Gesträuch entflammter Sonnenhitze!
Auch in den dicksten Busch, wohin mein Fuß ent-
                                wich,
Folgt mir die Sonne nach und wüthet über mich.

                                    Der

Der Weihrauch seines Lobs ward günstig angenom-
men,

Selinde schien vergnügt und Selimor willkommen.
Die trübe Dämmerung, die um ihr Auge lag,
Zerstreute sich und floh: es wurde wieder Tag.
Dorante sahs erzürnt; und mit verstörten Blicken
Entzog er sich schon halb Selindens Zauberstricken.
Doch, ach! sie hatte kaum ihn zärtlich angeschielt,
Als ihr geübter Blick ihn wieder feste hielt.
Er wollt' und wollte nicht und mußte sie begleiten:
Wie unterstund er sich, sein Herze zu bestreiten?

   Man gieng, nach langem Gehn, das Gartenhaus
vorbey:
Nun hörten sie von fern ein weibliches Geschrey.
Sie sahen Lesbien: eh, rief sie, will ich sterben,
Und mit verspritztem Blut Papier und Erde färben!
Da hinter ihr Cleanth bestäubt und keichend lief,
Und immer: warten Sie! mit sanfter Stimme rief.
Umsonst! sie floh erblaßt, schrie kläglich um Erbarmen,
Und bebte voller Angst noch in Selindens Armen.
Ach! fieng sie endlich an; ich bin doch sicher da?
Indem sie wild umher mit finstern Blicken sah.
O Schande! fuhr sie fort; in abgelegnen Sträuchen
Begegnet mir Cleanth: ich such ihm auszuweichen.
Er tritt mich schmeichelnd an, und, Himmel! was ge-
schieht?
Nach einem, apropos! ließt mir Cleanth ein Lied.
Bis an den kalten Mond entfliegt in seiner Ode
Der Unsinn, dickumwölkt und scheckigt nach der Mo-
de;

Der

Der Henker flieg ihm nach! doch lob ich, was er schrieb:
Verfluchte Schmeichelen, die ihn zum Frevel trieb!
Nun aber, fährt er fort und runzelt seine Stirne;
Bemüht ein Heldenlob mein kreissendes Gehirne:
Und schöne Lesbia! ich kenn ihr feines Ohr,
Wofern es nicht mißfällt, so les' ich etwas vor.
Er langt mit voller Hand und vornehm sprödem Wesen
Ein drohend Buch hervor, und alles will er lesen.
Ich flieh, er läuft mir nach, und liest, indem er läuft:
Warum wird ein Poet nicht, eh er schreibt, ersäuft!
Ich fühlte, da er las, mein Blut im Leib erkalten:
Ach! konnte mich Cleanth nicht süsser unterhalten?
Verdrüßlicher Poet! wie artig schickt sich nicht
In schattigtes Gebüsch ein episches Gedicht!
Nein! widersprach Cleanth; so wahr die Musen leben!
Nie hab ich meiner Schrift solch stolzes Lob gegeben.
Sie ist nur ein Entwurf, noch rauh und mängelvoll,
Kein episches Gedicht, nicht was sie werden soll.
Doch, sprach Dorante drauf, wen wählen sie zum Hel-
                                                    den?
Und welche große That wird ihre Muse melden?
Das ists, erwiedert er, was meinem Werke fehlt!
Die Handlung fehlt mir noch, der Held ist nicht gewählt.
Ich habe Zeit hierzu, und kann mit Muße dichten:
Doch eines Cherubs Bild zu künftigen Gesichten:
Und acht Beschreibungen sind völlig ausgemahlt,
Wo ieder Pinselzug mit hohen Farben strahlt.
Denn meine Muse zürnt auf Deutschlands blöde Musen:
Ein stürmisch Feuer keicht in ihrem Götterbusen:
Von weicher Anmuth fern, auf unbeflogner Spur,
Entzieht ihr kühner Schwung sich kriechender Natur.

                                                    Mit

Mit allem, was mir fehlt, wird Milton mich versorgen;
Nur will ich einen Sturm vom schwachen Maro borgen.
Doch welcher Held bey mir die krause See durchstreicht,
Beym Zevs! das weis ich nicht: ein Patriarch vielleicht!
Nimm, rief Dorante laut, o Deutschland nimms zu Oh-
                                                    ren!

Aus deutschem Hirne wird ein undeutsch Werk gebohren:
Ein Werk, das wenigstens Homers berauchte Schrift
Und alle Kunst Virgils beschämend übertrift.
Dem Franzmann zum Verdruß, zu Deutschlands Ruhm
                                        und Freude
Baut unsers Freundes Witz ein episches Gebäude:
Fast wie der Muselmann Moscheen künstlich baut,
Der Trümmer Griechenlands aus altem Schutte haut:
Alsdann sich Mühe giebt, mit frischgebrannten Steinen
Manch altes Marmorstück willführlich zu vereinen;
Und Säulen Joniens mit rauher Dorer Art,
Nicht nach geschickter Wahl, bloß nach der Größe paart.
Ich seh, ich sehe schon mit grünen Lorbeerkränzen
Die breite Stirn Cleanths, des Heldendichters, glänzen.
Der Zeitungsschreiber Lob lärmt vom erstaunten Belt
Bis an der Alpen Eis und in der halben Welt.

Viertes Buch.

Es war der Liebesgott Selinden nachgeflogen,
        Und hatte ieden Blick mit stummem Ernst er-
                                        wogen:
Sein scharfes Auge sah die große Wahrheit ein,
Selinde würde nicht unüberwindlich seyn.
Sie soll, vermaß er sich, doch endlich unterliegen;
Und kann der Weise nicht ihr weiblich Herz besiegen,
So siege Selimor und ohne Hinderniß!
Nur er ist ihrer werth, ihm ist ihr Herz gewiß.
Der Gott versuchte nun, zu glücklichem Bestreben
Des müden Stutzers Muth aufs neue zu beleben.
Dir ist Selinde hold, blies Amor ihm ins Ohr;
Du aber wagest nichts, o nicht mehr Selimor!
Du zauderst, bis vielleicht dich ein Pedant verdrungen,
Nachdem so mancher Sieg dir in Paris gelungen,
Wo manche Gräfin von **, die Venus ihrer Stadt,
Selbst eine * Paris einst dich angebetet hat.
Nun übe, was du weist, was Frankreich dich gelehret!
Verschmäht Selinde dich, so seh ich dich entehret.
Auf! schleiche dich mit ihr ins nahe Gartenhaus!
Was kluge Liebe wünscht, führ' edle Kühnheit aus.

                                        Er

* S. Canèvas de l'histoire de la Paris ou de l'Hôtel
  du Roule. 1750.

Er schwieg; und Selimor, entbrannt von stolzem
Grimme,
Sprach zu Selinden kühn, doch mit gedämpfter Stim-
me:
Dorante, glaub ich, rast! verdammt sey sein Poet,
Der uns von Dingen schwatzt, die niemand hier versteht!
Soll meine Liebe stets dem Schulgeschwätze weichen?
Was hindert uns, mein Herz! allein hinweg zu schleichen?
Selinde folge mir und gebe mir Gehör:
Gesellschaft solcher Art erniedrigt uns zu sehr.
Er sprach, indem er ihr die Hand vertraulich drückte,
Und ihren Arm ergriff und nach dem Hause rückte.
Die Schöne folgte träg als wider Willen, nach,
Indeß Dorante noch mit jenem Dichter sprach.
Er ließ ihr Zeit genug, ins Zimmer zu verschwinden:
Zuletzt vermißt' er sie: er fragte nach Selinden.
Von banger Ahndung schlug sein furchtsam liebend Herz,
Und auf umwölfter Stirn erschien ein finstrer Schmerz.
Selinde! rief er aus, mit todtenbleichen Wangen;
Wo ist die Grausame? wo ist sie hingegangen?
Ihm sagt es Lesbia, bey ihres Buhlen Flucht.
Von Rachlust angeflammt, erhitzt von Eifersucht.
Dorante, der, betäubt vom Donner ihrer Worte,
Wie eingewurzelt stund, wich nicht von seinem Orte,
Er stund und sah umher mit starrem Blick und schwieg,
Bis einst ein dunkles Ach! von seinen Lippen stieg.
Er nahm sich plötzlich vor, Selinden zu erbitten:
Er gieng: blieb wieder stehn: Vernunft und Liebe stritten.
Es wankte sein Gemüth, wie, durch den Herbst ent-
laubt.
Die schwache Weide wankt, wann Eurus zornig schnaubt.

Zu.

Zuletzt ermannt' er sich zu muthigern Entschlüssen,
Entsagte mit Bedacht umsonst gewünschten Küssen,
Und wollte länger nicht an einem Joche ziehn,
Das ihm so süsse sonst, nun aber eisern schien.
Sey glücklich, rief er aus, mit deinem jungen Thoren!
Selinde! nun für mich, auf ewig nun verlohren!
Die Hoffnung, welche mir dein schmeichlend Auge gab,
Die mir so blühend schien, fällt nun verwelket ab.
Betrügliches Geschlecht, geschaffen, uns zu quälen!
Wird einer Schönen Herz je nach Verdiensten wählen?
Ihr fällt ein schimmernd Nichts zu reizend ins Gesicht:
Sie sieht das güldne Kleid; den Thoren sieht sie nicht.
Zu spät erblickt sie ihn, wann, der für sie geschmachtet,
Gesättigt vom Genuß, einst ihren Kuß verachtet,
Sie ohne Liebe küßt, ihr als Tyrann befiehlt,
Und an erkaufter Brust sein wildes Feuer kühlt.
Dorante wollte mehr in vollem Eifer klagen:
Die leichte Lesbia belachte seine Plagen.
Er floh, indem sie ihm die Hand gefällig both,
Und klagte, Dichtern gleich, den Büschen seine Noth.

Dorante war geflohn, Beglücktern Platz zu ma-
chen,
Da Amor unterdeß, nicht ohne boshaft Lachen,
Den Garten schnell verließ; und ein geschwinder Flug
Zur Wohnung Selimors ihn augenblicklich trug:
Daselbst verläugnet er sein göttliches Gefieder:
Das Dienstkleid Selimors glänzt um die nackten Glie-
der:
Am glatten Kinne schlägt ein schwarzes Bändchen an;
Die Stirn ist unverschämt: kurz, Amor wird Johann,

Der

Der Diener Selimors, ein Stutzer in den Sitten,
Der, witzig, wie sein Herr, bey Mägden wohl gelitten,
Nie ohne Karten gehe, sich oft beym Wein vergißt,
Und alle Wirthe kennt und allen schuldig ist.
Da Amor lärmt und flucht; entspringt vom Ruhebette,
Ermuntert vom Geschren, die junge Magd Lisette:
Ein Mädchen, schlank von Leib, in Schelmeren geübt,
Die wechselsweis ihr Herr und sein Bedienter liebt.
Ein falsigter Muslin, der ihren Hals bedecket,
Läßt ihre weisse Brust nachläßig unverstecket.
Ein kurzer Unterrock zeigt ihr gedrechselt Bein,
Und auch ihr Sprödethun flößt Buhlern Kühnheit ein.
Sie kömmt, sie fliegt herben, heißt ihren Johann schwei-
                                               gen,
Der, nach Lackayen-Art sich artig zu bezeigen,
Ihr in den Busen greift, und auf den Kutscher schmählt,
Weil seine Kutsche noch beym fernen Garten fehlt.
Der Kutscher kömmt; man schilt; er fragt noch eine
                                               Weile,
Warum doch Selimor so ungewöhnlich eile.
Doch hat ein junger Herr nicht seinen Eigensinn?
Der Kutscher schleicht belehrt zu seinen Pferden hin.
Ein braungeapfelt Paar wird prächtig aufgezäumet,
Und beißt auf blanken Stahl und scharrt in Sand und
                                               schäumet.
Der neue Wagen glänzt, auf dem, noch unbezahlt,
Manch güldner Liebesgott, geschnitzt aus Holze, prahlt.
In Wolken braunen Staubs fliehen die muntern Pferde,
Und unter ihrem Huf erschüttert sich die Erde.
Die Fenster fliegen auf, wo, stolz auf schimmernd Gold,
Die Kutsche Selimors mit raschem Rasseln rollt.

Uz. Lyrische Ged.   **N**   Doch

Doch Amors Ungeduld kann diese nicht erwarten:
Er ist nicht mehr Johann; er eilet nach dem Garten,
Als Liebesgott, voraus, fliegt ins Gemach und sieht,
Wie Selimor verliebt vor seiner Göttinn kniet.
Noch muste dieser Held um Sieg und Lorbeern kriegen:
Was hatt' er nicht gethan, Selinden zu besiegen!
Wie reizend unverschämt durch freyen Scherz ge-
strahlt,
Mit fremden Flüchen ihr sein Feuer vorgemahlt,
Gedankenlos gelacht, bald sie, bald sich gepriesen,
Mit ungezwungner Art die Londner Uhr gewiesen,
Des Franzmanns Dreistigkeit mit Anmuth nachgeahmt,
Kurz, allen seinen Werth Selinden ausgekramt!
Sie sah den Selimor: wie konnte sie ihn haffen?
Doch wollt ihr steinern Herz sich nicht entfelsen laffen.
Oft schien sie zwar erweicht: ihr Blick voll Mattigkeit
Irrt' ungewiß und scheu; ach! aber kurze Zeit.
Ihr unbesiegter Stolz erhohlte sich geschwinde:
Sie wurde, was sie war, die grausame Selinde;
Und eben da sie ihm gewiß gefangen schien,
Sah sich der Held getäuscht und seinen Raub ent-
fliehn:
Wie, wann ein Junker einst, mit Hülfe kluger Hunde,
Den Rammler aufgespürt; nach mancher müden Stun-
de
Spur, Haß und Fröhlichkeit auf einmal wieder flieht,
Der edle Jäger flucht und leer nach Hause zieht.
Doch sollte Selimor den Sieg verlieren müssen?
Verzweiflend warf er itzt Selinden sich zu Füssen.
Er flehte, seufzte, schwur: wie manch französ-
Entflog dem süssen Mund und säuselt im Gemach!

Ur

Urplötzlich sprang er auf mit freudigem Vertrauen:
Er hatte Zeit gehabt, sich achtsam zu beschauen;
Und nahm, noch mehr gereizt durch kühnen Wider-
stand,
Halb scherzhaft, halb verliebt, Selinden bey der Hand.
Wie ists nun? fieng er an; o Bluhme iunger Schönen!
Wird ihre Zärtlichkeit bald meine Treue krönen?
Ich kann Sie nicht verstehn, nein! meine Königinn!
Und wissen Sie, im Ernst, daß ich verdtüßlich bin?
Mich dünkt, ich liebe Sie schon volle hundert Jahre:
Verschieben Sie mein Glück auf meine grauen Haare?
Sie lieben mich ia doch; das ist so offenbar, • •
Wie? unterbrach sie ihn; Sie halten das für klar?
Für klar? o für gewiß! Sie werden mir erlauben,
Erwiedert Selimor; wie kann ich anders glauben?
Man weiß sich liebenswerth, man liebt, man wird geliebt;
Was ist hier wunderbars, das Recht zu zweifeln giebt?
Ich ärgre mich zum Narrn bey Ihrem Widerstreben.
Wie lange zögern Sie, sich rühmlich zu ergeben?
Fort! machen Sie geschwind! beschwören Sie den
Bund;
Und weil Ihr Herz mich liebt, so sage mirs Ihr Mund.

Vor einem Selimor muß Trotz und Härte bre-
chen:
Ihm, der so dreiste hofft, kann iemand widersprechen?
Wie glücklich wart ihr einst, ihr Schönen alter Zeit!
Die Ehrfurcht eurer Welt war eure Sicherheit.
Nur iähriger Bestand hieß ächter Liebe Zeichen:
Man wollte seinen Sieg verdienen, nicht erschleichen.

Da hatte die Vernunft zur Ueberlegung Raum;
Nun wird sie überrascht; die Schöne faßt sich kaum.
Man buhlt nicht um ihr Herz; man schmeichelt ihren
                                              Sinnen:
Und kann was leichter seyn, als diese zu gewinnen?
Wie glänzt ein junger Herr! er ist voll Ungeduld:
Und wann die Spröde säumt, ertrotzt er ihre Huld.
Selinde wankte schon, wie unter starken Streichen,
Von scharfer Axt bestürmt, die schönste schöner Eichen
Auf alle Seiten droht und hin und wieder winkt,
Bis ihr bemooster Stamm mit Prasseln splitternd sinkt.
Doch fiel die Schöne nicht, für die ihr Schutzgeist
                                              kämpfte,
Der stets durch kalten Stolz der Liebe Regung dämpfte:
Als einer Kutsche Lärm, die durch die Strasse flog
Und vor dem Garten hielt, sie schnell ans Fenster zog.
Ihr Herze schlug sogleich von weiblichem Verlangen;
Ihr funkelnd Auge blieb an diesem Anblick hangen:
Entzückt vertheilte sich der Blicke schneller Blitz
Auf Wagen, Roß und Mann, bis auf den Kutschersitz.
Bewundernd rief sie aus: der allerliebste Wagen!
Wer ist der glückliche, den solche Rosse tragen?
Ich selbst, sprach Selimor mit ernster Majestät:
Die Unterkehle schien hochmüthig aufgebläht.
Wie aber? fuhr er fort, mein Kutscher, glaub ich,
                                              träumet,
Der nun zu zeitig kömmt, sonst immer sich versäumet.
Ich soll von Ihnen gehn? von Ihnen, göttlich Kind?
Und ehe, toller Streich! wir vollends richtig sind?
Nein! das geschehe nicht! ich laß es nicht geschehen:
Ich schwöre bey der Uhr, die Sie hier glänzen sehen,

                                              (Er

(Er legt sie auf den Tisch), und ich vor kurzer Zeit
Aus London mitgebracht, nicht ohne Vieler Neid.
Es hatte sie ein Lord bey Smeerts bestellen lassen:
Ich kaufte sie ihm aus; der Junker mußte passen.
Bis dieser Zeiger hier auf zwo Minuten schleicht,
Ergebe sich Ihr Herz, das doch vergebens weicht.

Er schweigt: Selinde steht noch immer unentschlos-
senn:
Noch hangt ihr starrer Blick an ienen edlen Rossen.
Sie machen ihren Herrn der Schönen doppelt lieb,
Der sein verdientes Glück nun muthiger betrieb.
Der Schutzgeist mußte selbst dem Vorwitz unterliegen,
Und schlich dem Fenster zu, die Neugier zu vergnügen.
Der leichtgesinnte Geist! raubt einer Kutsche Putz,
Ein Pferd, ein schöner Tand, Selinden seinen Schutz?
Durch keine Zeichen ward sein taubes Herz beweget:
Der Schooshund hatte sich aufs Canapee geleget:
Nun fuhr er bellend auf, verließ die sanfte Ruh,
Und sprang mit regem Schweif Selinden ängstlich zu.
Es prangte der Camin mit glänzenden Pagoden:
Sie bebten ungeregt und stürzten auf den Boden.
Umsonst! der Schutzgeist stund und sah und hörte nicht.
Verwundrung überzog sein lächelnd Angesicht.
Nun zog der Liebesgott, der längst begierig lauschte,
Den krummen Bogen an: mit schnellen Flügeln rauschte
Der abgedrückte Pfeil, der Glut und Flammen trug,
Und in Selindens Brust sich ungehindert schlug.
Durch Amors Jauchzen ließ der Schutzgeist sich erwe-
cken:
Vergebens wollt er sie mit spätem Schilde decken:

N 3   Denn

Denn eine schnelle Nacht verdunkelt' ihren Blick:
Sie sank, o Selimor! in deinen Arm zurück.
Ein fremdes Feuer floß durch ihre schönen Glieder:
Sie hob die Augen auf und schlug sie wieder nieder.
Ihr fliehend Auge selbst bekannte deinen Sieg,
Ob gleich ihr stolzer Mund noch uneröffnet schwieg.
Indessen hatte sie, bey diesem kurzen Schweigen,
Des frohen Siegers Reiz und artiges Bezeigen,
Sein Lachen, seinen Gang, des Kleides reiche Pracht,
Der Kutsche Göttlichkeit, noch einmal überdacht.
Erröthend sagt sie ihm: Sie haben überwunden!
Und reicht ihm ihre Hand, vom alten Stolz entbunden:
So viel Verdiensten kann mein Herz nicht widerstehn!
Ach! möcht ich Ihre Glut in steter Flamme sehn!
Ihr dankte Selimor durch ungezählte Küsse,
Da Amor siegreich floh, und über Berg und Flüsse,
Hoch auf des Adlers Bahn, in grauer Dämmerung
Und unter frischem Thau, sein feucht Gefieder schwung.
Nach Paphos trugen ihn die schnellbewegten Flügel:
Die Wollust brachte selbst ihn zum entlegnen Hügel,
Wo bey crystallner Flut, die heischer murmelnd lief.
Und unter Majoran, der müde Gott entschlief.

Brie=

Briefe.

An Herrn Hofrath B*

Zum andernmal, o Freund! grünt Römhilds
Aue wieder,
Zum andernmal für mich! mit rauschen=
dem Gefieder
Scherzt überall der sanfte West!
Die Nachtigall singt ihre Lieder:
Die fromme Schwalbe baut ihr Nest.
Noch diesen Frühling wird mein Aufenthalt hier
dauern:

Ich würde nicht untröstlich trauern,
Wenn unter den beiahrten Mauern
Mein künftig Nestchen aufbewahrt,
Mir angewiesen werden sollte,
Wofern ein Vogel guter Art,
*Nett, schalkhaft, hüpfend, zart,
Mit mir zu Neste tragen wollte.

Aber, ohne Scherz! die hiesigen Gegenden sind die an=
genehmsten, die man sehen kann. Der Frühling ist nir=

N 5 gend

* Siehe Herrn von Hageborn Fabeln und Erzehlungen.

genb reizender, als hier. Armer Freund! Sie reden
auch vom Frühling? Sie, die im Rauch einer engen
Stadt eingeschlossen leben, und die Stimme der Nachtigall nur bey den Poeten hören? In Städten, glauben
Sie mir, ist nur ein halber Frühling: der Hauch der Weste ist daselbst nur halb so lieblich, und die Bluhmen lachen mit einem nur gemeinen Reiz. Dort kennet man
die Schönheiten der Natur blos dem Nahmen nach.
Nur auf dem Lande kennet, fühlet und genießet man sie:
und ich kann, ohne zu lügen, sagen, daß ich auf dem
Lande bin, ob ich gleich in einer Stadt mich aufhalte,
die nicht wenig Lärm verursachet.

Ich kann wie auf dem Land und als ein Schäfer leben:
Als Schäfer? ich betrüge mich!
Wer wird mir Schäferinnen geben?
Und ohne Schäferinn sind Schäfer jämmerlich.
Zwar Mädchen sind hier, wie Göttinnen,
So artig, als die Schäferinnen;
Doch nicht so fromm, wie sie und ich.
Sie sind, wie überall die Quelle süßer Schmerzen,
Voll Unschuld auf der Stirn, voll Schelmeren im
Herzen.
So schlimm dieß Völkchen ist, wer liebt es, leider!
nicht?
Ein schöner Blick war stets dem Weisen überlegen:
Ein Blick entrunzelt sein Gesicht:
Der Fromme sündigt ihrentwegen,
Schielt übern Cubach weg und spricht:

Ach!

Ach! wär kein Mädchen auf der Erden,
Wir würden alle seelig werden!

Dergleichen * Gedanken schleichen, wenn ich mich der
hohen poetischen Sprache, ich, der ich unpoetisch bin,
bedienen darf, selbst in meinem geheimsten Herzen
zuweilen herum, bey meinen einsamen Spaziergängen,
wo alles um mich herum lachet. Was für entzückende
Spaziergänge! Hier verlohnt sichs doch der Mühe,
daß ich meine verwöhnten Füsse ermüde. Sie sollten
nur sehen, wie ich laufe, ich, den sie oft faul gescholten
haben, weil ich Ihnen auf ihren Tagreisen durch meist
unangenehme Oerter zu folgen, keine Lust hatte! Hier
bieten die angenehmsten Scenen der Natur sich mir selbst
ungesucht an.

Kaum eil ich fliegend aus den Thoren:
So kann ich mich im Grünen sehn:
So fühl ich freyer Lüfte Wehn
Die Lerche singt: ich sehe Floren
Durch hundert Gärten landhaft gehn.
Nicht mit beseeltem Marmor strahlen,
Nicht mit Orange-Wäldern prahlen
Die Gärten hier zur schönen Zeit.
Nebst einem kleinen Sommerhause,
Zu einem abendlichen Schmause,
Gewähren sie der Fröhlichkeit.

Viel

* Siehe Gebete eines Freygeists, eines Christen und eines
guten Königs.

Viel Gras, sich scherzend hinzustrecken,
Und, Amors Freuden zu verstecken,
Viel Schatten, viele Dunkelheit.
Die Anmuth lockt auf allen Wegen
Im Schoos des Frühlings mir entgegen:
Dem Reiz begegnet ieder Blick.
Er schweift herum in weiter Sphäre:
Damit kein Berg der Aussicht wehre,
Steht ieder ehrfurchtsvoll zurück.
Der Steinsburg kahle Glatze strecket
Sich in des Donners Aufenthalt;
Und ihre breite Schultern decket
Furcht, schwarze Finsterniß und Wald.
Gleich furchtbar, noch erhabner thürmet
Das Gleichgebürge sich empor:
Von seinen düstern Eichen stürmet
Der Nord in müder Wandrer Ohr.
O du, die Busch und Gras bekleiden,
Du, Hartenburg! stehst zwischen Beyden,
Zwar niedrig, aber angenehm!
Das Klettern kann ich niemals leiden;
Doch dich besteig ich ganz bequem.
Ich steig, in kühlen Abendstunden,
Zu dir an Gärten spielend hin:
In diesen kühlen Abendstunden
Wird hier der Bürger oft mit seiner Frau gefunden,
Oft auch mit einer Nachbarinn.

Auch

Auch Bacchus hat, wer sollt es glauben?
Bekränzt mit eßigsauern Trauben,
Man weis nicht, wie? sich hin verirrt,
Daß Römhild nun durch Wein und Bier verherrlicht
         wird.

O lust! wenn von beblühmter Spitze,
Wo im Gesträuch ich einsam sitze,
Wo mich die Sommerluft vergnügt;
Wenn ich von krausbebüschter Höhe,
Die grossen Weiten übersehe,
Die itzt mein Auge frey umfliegt;
Wenn hier ein schattigt Wäldchen rauschet,
Wo Amor, flieht ihr Schönen! lauschet;
Dort unbestrahlte Wälder brausen,
Und hier der West mit sanftem Sausen
Auf wallendem Getraide liegt;
Wenn bald mit seinen weissen Wänden
Mir Breitensee entgegen lacht,
Bald Milz mit seinem Thurm in gothisch alter Tracht;
Und hier und dort, an allen Enden,
Mir eine Stadt, ein Dorf manch lustig Schauspiel
         macht!
Ich seh, o Hartenburg! dich immer mit Entzü-
         cken:
Dein Angedenken soll mir keine Zeit entrücken;
Und wenn ich deinen grünen Rücken
Und Römhilds Grazien und Grötzners Wein und
         Kuß
Verlassen muß:
Will ich nach dir im Geiste blicken;
Soll meine Muse dich mit ihren lorbeern schmücken,
         Daß

Daß, wie man Tiburs Hayn, das holde Tempe preist,
Auch du der Nachwelt heilig seyst.

Aber diese arme Muse hat sich ganz aus dem Odem ge-
redet: sie keichet für Müdigkeit, und wünschet, auszu-
ruhen. Bis zu ihrer baldigen Wiederherstellung, will
ich ihnen nur in der alltäglichen Sprache sagen, daß
mir auf dieser angenehmen Hartenburg ein Abendtheuer
zugestossen, welches meine bisherige Vermuthung be-
stätiget hat, daß ein so reizender Berg auch in andern
Absichten merkwürdig seyn müßte. Die alten gefür-
steten Grafen von Henneberg sollen ein Bergschloß daselbst gehabt haben; und noch bey Lebzeiten des letzten
Herzogs Sachsen-Römhildischer Linie ist ein Lust- oder
Trink-Ort hier gestanden, von welchem nichts mehr übrig ist, als ein schöner Felsen-Keller und ein tiefer Brun-
nen. Sie müssen, wenn sie überhaupt von den Alter-
thümern hiesiger Stadt, wider Vermuthen, ein meh-
reres wissen wollen, gewisse gelehrte Werkchen nach-
schlagen, welche niemand liest. Als ich ohnweit er-
meldten Kellers meinen melancholischen Gedanken nach-
hieng, nöthigte mich ein plötzlich einbrechender Sturm
hinein zu flüchten, bis der Regen vorüber wäre. Kaum
war ich einige Schritte von dem Eingang abgekommen,
als ich durch die Erscheinung eines ehrwürdigen Alten, der ihm folgen hieß, erschrecket wurde.

Ein silberweisser Bart fließt ihm von muntern Wan-
                                gen

Bis auf den Gürtel ab, wo schwere Schlüssel han-
                                gen:

                                Sein

Sein blendendes Gewand schleppt auf dem Boden
hin:

Er geht; ich folg ihm nach; ich weis nicht, wo ich
bin.

Ein zweifelhaftes Licht stielt sich durch seltne Rißen,
Wie in den Wäldern herrscht, wann die Gestirne bli-
ßen,

Noch ehe Cynthia mit vollem Angesicht
Aus neidischem Gewölke bricht.

Ich sehe tief hinein viel grosse Fässer liegen:
Huy! denk ich, hier giebts Wein! Für Sehnsucht und
Vergnügen

leckt meine dürre Zunge schon
Die Lippen, die dem Faß mit ihrem Durste drohn.

Du siehest, sprach der Geist, den ehrlichsten der Gei-
ster!

Ich war in bes[s]rer Zeit hier ehmals Kellermeister:
O Zeiten! euch vergeß ich nie,
Da Weins die Fülle war, und alles trank und spie!

Auf diesen Höhen stund Ijäens liebster Tempel:
Mein Schatten schwebet noch um den geliebten Ort.
Wie ofte taumelt' ich, den Jüngern zum Exempel,
Um jene fruchtbarn Fässer dort!

Doch damals waren auch die güldensten der Zeiten:
Da wuste Römhild nichts von Unruh Zank und Streiten:

Man zankte nur wenn Wein gebrach:
Nur seit Ijäus floh, flog ihm der Friede nach.
O Römhild! Römhild! sieh, was dir mit ihm entge-
het!

Die

Die Zwietracht raste stets, die stille Ruhe wich,
Seit Hartenburg verheeret stehet;
Ein Gott hat hier gewohnt, ein Gott verfolget dich.
*Du büssest unverdient der Väter Missethaten,
Bis du den Tempel wieder baust,
Das Haus des Nebengotts, das in Verfall gerathen,
Auf dessen Trümmern du nur Gras und Moder
schaust:
Bis du die Fässer füllst, wo sonst Schäus brauste;
Nun! leider! sind sie leer!
Der Alte seufzt' und sprach nicht mehr:
Die schreckenvolle Höhle sauste
Und seufzte kläglich: sie sind leer!
Auch ich, der schon in Hoffnung schmauste,
Schrie kläglich: sie sind leer!

Ich wünschte nunmehr von ganzem Herzen, aus diesen
unterirdischen Wohnungen je eher, je besser loszukommen:
denn mit leeren Fässern und mit leeren Gläsern ist mir
niemals viel gedient gewesen. Aber meine Bestürzung
stieg aufs höchste, als mein Kellermeister mich wieder
anredete. Der Sturm, sprach er, welcher dich in diesen
Keller genöthiget, o Sterblicher! ist nicht von ungefehr
entstanden. Ein Gnome, der in diesem Berge sich auf-
hält, hat ihn veranstaltet, weil er dich zu sprechen verlanget. Er hat mit Vergnügen bemerket, daß du die
schöne Hartenburg besonders liebst, und beym Spazie-
ren

---

* Periode der Worte Horatii in der 6. Ode des 4ten Buchs:
 Delicta Majorum immeritus luis &c. nach Herrn
 von Hagedorn Uebersetzung und Liedern S. 8.

rengehen dieselbe nicht übergeheſt.   Er hat geglaubt,
daß du vor dieſem Beſuch um ſo weniger erzittern wür-
deſt, da du aus den cabbaliſtiſchen Briefen eines witzigen
Marquis, mit derer Durchleſung du einige Zeit her be-
ſchäftiget geweſen, eine richtigere Kenntniß der Geiſter
aller Arten geſchöpfet hätteſt.   Ich werde dich zu ihm
führen: folge mir! Ich läugne nicht, wertheſter Freund,
daß ich dieſes unerwarteten Beſuches gern überhoben
geweſen wäre.

Poeten ſprechen zwar mit Geiſtern,
Trotz ausgelernten Hexenmeiſtern,
Vertraulich, kühn und ohne Scheu;
Jedoch, ich ſag es frey,
Nur wann ſie auf dem Pindus träumen,
In ihren Reimen,

Ich habe auch, die Wahrheit zu ſagen, eben nicht viel
rühmliches von den Herren Gnomen gehört: ſie ſollen etwas boshaft und überhaupt ſchlechte Chriſten ſeyn. Aber
ich war einmal in den Händen des Stärkern: ich muſte
der Gewalt weichen, und folgte meinem Führer, wohin er mich leitete.

Wie, wenn des Müllers brauner Stecken
Dem Eſel, welcher ledig zeucht,
Von ſeiner Eſelinn vielleicht,
Vielleicht von diſtelreichen Hecken
Gebietheriſch verſcheucht;

Uz. Lyriſche Ged.   O   Das

Das träge Thier alsdann, beschwert mit neuen Sä-
 cken,

Die Ohren hangen läßt, und melancholisch schleicht:

Mit gleicher traurigen Geberde

Gieng ich im Innersten der Erde,

Wo durch die unerhellte Nacht

Mein Alter mich zum Gnomen führte.

Er schien mir, wie ich ihn gedacht,

Klein, häßlich, erdenbleich und stolz auf seinen
Schacht.

Die Höhle, seine Wohnung, zierte

Was Tellus kostbars zeugt, der Geiz mit Angst be-
wacht,

Und Narren unerträglich macht.

Ein grosser Affe warf beym Eingang mich mit Kothe:

Ich stutzt' und wich zurück; doch als der Gnom' ihm
drohte,

Dann ihm zween derbe Streiche gab,

So ließ er zornig von mir ab,

Und hatte Lust mich anzuspeyen,

Wandt endlich sich hinweg, und zeigte mir den Steis.

Mit Lachen sprach der Geist zu seines Lieblings Preis:

Es ist mein Hofpoet; man muß ihm was verzeihen.

Er spaßt stets aufgeweckt und fein.

Ich geb ihm Brod, mit Schäckereyen

Mich, eh ich schlafe, zu erfreuen;

Denn seine Scherze schläfern ein.

Seyd ihr Poeten sonst was nütze?

Wenn ihr nicht Possen macht, so bleibt bey eurer Pfü-
tze,

Bey Hypokrenen, ohne Wein!

Dieser

Dieser unhöfliche Spaß des Gnomen verdroß mich. Eine Sprache dieser Art, die nur der großen Welt natürlich läßt, schien mir in dem Munde eines kleinen Gnomen unverschämt zu seyn; und ich weis nicht, was ich ihm würde geantwortet haben, wenn er mich hätte reden lassen. Wie nun? fuhr er fort; wird die gewünschte Ruhe in Römhild auf den Flügeln eines erfreulichen Conclusi (weil dieses doch dermalen ein Modewort, auch bey den Bauern, ist) bald zurückkommen? Sollen würklich die Bürger dieses Ortes die glückliche Gelegenheit bald verlieren, ihre politischen Einsichten zum Wohl ihres Vaterlandes, bey einem Krug Bier, in den Schenken auszukramen? Ich dächte nicht! Es wäre mir auch eben nicht angenehm. Mein Hof würde doch in künftiger Zeit keinen so starken Zufluß mehr bekommen, als in diesen Zeiten der Unordnung geschehen können.

Denn diese grauenvollen Höhlen
Sind abgeschiednen strafbarn Seelen
Zu ihrem Aufenthalt ernannt.
Hier schwärmen unter bangen Klagen
Die Werkzeug' allgemeiner Plagen,
Die euch die Hölle zugesandt:
Verräther, Wuchrer, Ungerechte,
Die keinen Gott, kein Vaterland,
Als ihren Eigennuß, gekannt:
Der schwarzen Habsucht schlaue Knechte,
Die auch ein Meineid nicht erschreckt,
Sobald sich ein Gewinn entdeckt:

Die

Die Heuchler, deren fromme Zungen
Bald andachtvolle Lieder ſungen,
Und bald, o heiliges Bemühn!
Den Gift vergällter Läſterungen
Auf ihren beſſern Nächſten ſpien:
Der Harte, der ſich nie erbarmet,
Nie auf den Armen hülfreich blickt:
Der Falſche, der den Freund umarmet,
Und ihm den Dolch ins Herze drückt:
Der giftigen Verläumbung Freunde,
Die glänzender Verdienſte Feinde,
Verfolger aller Tugend ſind;
Und iene plaudernde Sibyllen,
Die iedes Haus mit Zwiſt erfüllen,
Wo ihr Geſchwätz ein Ohr gewinnt;
Verlebte müßige Matronen,
Die Geiſſeln, ia die Peſt der Straſſen, wo ſie woh-
nen.

Kurz, aller Unflath des menſchlichen Geſchlechts fließet
in dieſen traurigen Grüften zuſammen; ein ieder zu ſeiner
beſtimmten Strafe. Sind dir, ſetzte der Gnome mit
ſeiner gewöhnlichen poſſenhaften Art hinzu, dergleichen
Leute, die ich einſtens hier zu ſehen hoffen darf, an dem
Orte deines itzigen Aufenthaltes bekannt? Welche ſind
es? Luſtig! erzehle mir was! Biſt du denn gar nicht
aufgeweckt? nicht boshaft? Ich erwiederte verdrüßlich,
daß ich wohl wetten dürfte, dergleichen Menſchen, die ihm
lieb wären, würden hier gar nicht anzutreffen ſeyn.
Wenn ſie es aber auch wären, ſo möchte ich ſie nicht
ſehen: ſie würden mich nur traurig machen; und ich
lach-

lachte lieber.   Römhild wäre gut genug: nur verdroß
mich der unter die Einwohner ausgegangene Rottengeist,
welcher die gute Gesellschaft selten und die Freude schüchtern machte.

Wie? Bürger einer Stadt sind Feinde?
Anstatt gesellig und als Freunde
Bey Scherz und frohem Wein zu glühn;
Seh ich sie voneinander fliehn?
Und eh sie einen Kuß auf holden Lippen wagen,
Erst ängstlich fragen,
Von welch politischer Parthey,
Der Torris oder Whigs, ein artig Mädchen sey,
Das oft nicht weis, was beyde klagen?
Ihr Bürger! welche Wuth hat euer Hirn ver-
       brannt?
Die Staatskunst sey euch unbekannt!
Trinkt euern Wein in Ruh, und schlaft bey euern
       Weibern,
So nutzt ihr doch dem Vaterland,
Und wenigstens mit euern Leibern.
Ich, der in kurzem scheiden muß,
Will meinen väterlichen Segen
Auf dich, unruhig Römhild! legen:
Es fehle nie an Wein! Indens Ueberfluß
Entferne Zwietracht und Verdruß,
Die stets bey schlechtem Bier sich regen!
Der Jüngling schmachte nicht umsonst um Wein und
       Kuß,
Und sterbe keiner Spröden wegen!

   O 3   Ster-

Sterben? und um eines spröden Mädchens willen? unterbrach mich der unverschämte Gnôme: o sey deswegen unbesorgt! Ich habe in diesem meinen unterirdischen Aufenthalt noch keinen Selbstmörder dieser Art
gesehen; und vermuthe auch nicht, iemals einen solchen
zu sehen. Die Schönen und ihre Liebhaber haben seit
undenklichen Jahren einander ihr Wort gegeben, weder
durch eine übertriebene Strenge dergleichen sündliche Ge-
waltthätigkeiten zu veranlassen, noch bey unvermutheter
Härte sich zu entleiben: alles aber, was, diesem zuwider,
dann und wann gesagt, oder geschrieben würde, sollte als
ein unverbündliches Compliment angesehen werden.

Weil Phyllis untreu ist, will Damon sich erstechen:
Doch will er klüglich erst mit seinem Weine sprechen.
Sein klügrer Wein giebt ihm den Rath,
Er soll durch eine gleiche That
Sich an der Ungetreuen rächen:
Er thuts, und lebt noch itzt: gewiß ein guter Rath!
Der Liebesgott braucht sein Gefieder,
Als Amor, als der Gott der Lust:
Die Freude flieht; er sucht sie wieder;
Und findet sie auf andrer Schönen Brust.
Der Schönen alte Strenge fliehet:
Sie sind ia Fleisch, wie ieder siehet,
Das schönste Fleisch, nicht harter Stein.
Man gebe mir die größte Spröde,
Doch in der Dämmrung und allein:
Sie soll nicht lange spröde seyn.
Man weis wir Gnomen sind nicht blöde:
Wer muthig stürmt, nimmt alles ein.

Ich

Ich konnte mich des Lachens ohnmöglich enthaten, da ich einen Gnomen mit der zuversichtlichen Mine eines Adonis sprechen hörte. Ich glaubte, einen unbärtigen Helden zu hören, welcher der aufmerksamen Mama die Heldenthaten erzehlet, die sein Arm in der Schlacht bey Mollwitz verrichtet, wo er am ersten die Flucht genommen. Aber der Gnome bezahlte mich für mein Lachen. Alles, was ich bisher gesagt habe, sprach er mit vieler Ernsthaftigkeit zu mir, hilft dir nichts, mein Freund! Ich kenne dich nun: du wirst so wenig iemals ein glücklicher Liebhaber, als ein grosser Mann werden. Wer nur ehrlich, niemals unverschämt ist, und mit guter Art weder zu betrügen, noch der Welt Wind zu verkaufen weis, erscheint sehr selten in einer glänzenden Gestalt. Wer dieses wünschet, soll billig alle erforderliche Eigenschaften besitzen, um unter andern Umständen auf einem Rad sterben zu können. Du bist zu nichts nütze. Ich schäme mich der grossen Absichten, die ich zu deinem Glücke gehabt habe. Ich hatte dir die ehrenvolle Stelle meines Hauspoeten zugedacht: weil doch mein Affe anfängt, alt zu werden. Du hast dein Glück verscherzet. Gehe hin, und erhenke dich!

Schnell hört ich einen Wind um alle Klüfte heulen:
Die Höhlen donnerten, bewohnt von scheuen Eulen.
Der Sturm, der mich dahin gebracht,
Stieß aus dem Schoos der Nacht,
Nach zwoen iahrelangen Stunden,
Mich wieder an die Luft, wo Titans Auge lacht:
Gnom, Kellermeister, Aff und alles war verschwunden.

Ich

Ich fand mich voll Erstaunen wieder an eben dem Eingange des Kellers, wo ich vor meinem wunderbaren Gesichte gewesen war. Niemand wollte auf meine Nachfrage von einem Sturm wissen. Die Luft, sagte man mir, wäre diesen ganzen Nachmittag beständig so heiter gewesen, als sie noch wäre: nicht das geringste Wölkchen hatte sich an dem blauen Himmel blicken lassen. Ich wäre beynahe böse geworden. Ich hielt alle Leute für blind, und alle Leute hielten mich für betrunken. Ich tröstete mich endlich, als ein Poet; und rief mit einer Art von Entzückung aus:

Ihr armen Sterblichen, die Wahn und Stolz be-
thören,
Habt Augen, die nicht sehn, und Ohren, die nicht
hören.
Gestehts, der Wahrheit bloß zu Ehren,
Wie viel dem schärfsten Aug entflieht,
Das nur ein Dichter sieht.
Seht ihr den Zephyr? Seht ihr Floren,
Auf Bluhmen, die sie selbst gebohren?
So viele nackende Najaden,
Die sich in kühlen Fluthen baden?
Dryaden und Hamadryaden?
Seht ihr den Gott verliebter Pein
Auf schönen Wangen, schönen Busen?
Die Grazien beym Mondenschein?
Den Pegasus und unsre Musen

Und

Und ihren grünen Lorbeerhayn?
Gebt Antwort meiner kühnen Frage:
Seht ihr sie? Nein!
Wir Dichter sehn sie alle Tage.

Ich schließe unter der angenehmen Hoffnung, werthester Freund! daß ich nun bald das Vergnügen haben werde, sie wieder zu umarmen. Sie werden es
mit mir wünschen, wenigstens aus Furcht, daß Sie
bey meiner längern Abwesenheit leichte noch einmal mit
einem poetischen Brief heimgesuchet werden möchten.
Absit Omen! Ich bin rc. Römhild 1753.

An

An Herrn Secretär G*.

Freund! liebster G*, ist iemals wahr gewesen,
  Was wir von Gnid, Cytherens Lustsitz, lesen?
  Wo Flora stets, im Schoos des Frühlings
                lacht,
Und alles liebt, und Liebe glücklich macht?
Wo reine Lust nie unter bittern Thränen,
Und Wollust herrscht, stets fern von trägem Gähnen;
Nichts Ehre macht, als einer Hirtinn Kuß,
Und wer nicht liebt, allein erröthen muß?
Wo überall die Vögel brünstig schwirren,
Auf iedem Baum die Tauben schnäbelnd girren;
Und ieder Busch, am schattigten-Cephyß,
Und ieder Busch voll holder Finsterniß,
Im stillen Thal und auf beblühmter Höhe,
Von Liebe schallt, und niemals von der Ehe?

Wenn diese Nachrichten wahr sind: so kann ich kaum
zweifeln, daß nicht dieses fatale Wort: Ehe, alle Un-
ordnungen erregen sollte, wegen derer zu unsern eisernen
Zeiten das Reich der Liebe berüchtiget ist. Dieses Wort
muß allein Ursache seyn, daß die Glückseeligkeit unserer
heutigen Liebhaber so tief unter der Glückseeligkeit iener
verliebten Gnidier sich erniedriget findet, wofern anders
der gnidische Geschichtschreiber uns nicht hintergangen
hat. Er sagt viel von Liebe; nicht ein Wort aber von
                                      Ehe.

Ehe. Gleichwohl ist der letzte Wunsch aller Liebenden,
mit dem geliebten Gegenstande aufs genaueste vereiniget
zu werden: und was ist Ehe anders, als die genaueste
Verbinduung derselben? Warum sind nun ihre güldnen Tage insgemein diejenigen, da sie ihres letzten Wunsches noch nicht gewähret worden? Sie haben auf solche Weise, werthester Freund! das Gute von dem
Ehestande schon gekostet, da sie Bräutigam gewesen,
und ohnfehlbar die wohlhergebrachten Rechte eines
Bräutigams nicht verschlafen haben, aber doch kein
Ehmann geworden sind. In was für seltsame Vor-
stellungen stürzet mich dieser Gedanke?

Ich dräng im Geiste mich zum Tempel der Cynthe-
re,
Durch schwärmender Verliebten Heere,
Durch den geweihten Myrthenhayn.
Die Freude reichet mir die Hände;
Sie führt mich schalkhaft lächelnd ein:
Ach! wenn sie nicht so schnell verschwände,
Wenn unser Herz sie rein empfände;
Wie göttlich würde sie nicht seyn!
Die Ueberwinderinn der Herzen
Ruht unter gauckelhaften Scherzen:
Ihr Auge flammt voll schlauer Lust,
Und Wünsche schwellen ihre Brust.
Es dampft mit Seufzern untermischet,
Der Weihrauch wolkicht vom Altar;
Und ihres Zephyrs Hauch erfrischet
Sie, ach! die manch verlohrnes Jahr.

Mir freinde war.

Nun klopft mein Herz ihr wild entgegen;
Und Bluhmen düften auf den Wegen
Zum Sitz der großen Königinn,
Zum innern Tempel hin,
Wohin Chlorinde mich begleitet,
Die, wenn ich ihr zu zärtlich bin,
Sich scherzend sträubt und lockend streitet.
Die Göttinn lächelt sanft, und ihr entwölkter
Blick

Weissaget meiner Liebe Glück:
Wie wird mein Feuer angefachet!
Doch wie? was Cypris mir verspricht,
Vollzieht sie selber nicht?
Sie winkt! und wem? verdrüßliches Gesicht,
Auf dem die magre Sorge wachet,
Das niemals, oder frostig lachet!
Ach! Hymen ists, und ihn verlangt ich nicht!
Wie? Amor und sein Chor verschwand,
Sobald er neben sich den trägen Hymen fand,
Den ekelhaft Gepräng noch ekelhafter machet?
O schrecklich Wort! o Ehestand!
Mein Saitenspiel entschläft, und schlüpft mir aus
der Hand.

Ohne Scherz! Sobald ein liebendes Paar aus den Händen der freyen Liebe in Hymens Hände kommt; so ver-
schwindet Amor mit allem, was ihn reizend macht: Grazien und Freuden und die Begierden, die noch angenehmer, als die Freuden, sind, werden nicht mehr gefunden,

den, und ihre Stätte kennet man nicht mehr. Der zärtliche Gesang verstummet, und statt dessen erschallen
schwermüthige Klagen und Seufzer andrer Art, als die
in den Armen der Wollust gehöret werden. Wie viele
höre ich den Tag, da sie zu ihrer ewigen Sklaverey eingeweihet worden, verwünschen, und wie wenige denselben seegnen! B** und Booth sind unter diesen wenigen. Denn wie man von Megären und Messalinen
hört, so liest man auch von Pamelen und Amalien. Aber
ich finde doch diesen Unterschied hieben: die letztern kommen in den Romanen vor, die erstern sind hingegen
wirklich, in dieser unsrer Welt wirklich gewesen; und
mich dünket, dieser Unterschied sey beträchtlich.

Les' ich Amaliens Geschichte,
Die bey dem schönsten Angesichte
Das beste Herz und mehr Verstand besaß,
Als Booth, ihr Taugenichts, der sie so oft be-
                                        trübte,
So oft bey Metzen sie vergäß,
Mit ihnen soff und fraß,
Da ihn Amalia stets gleich, stets zärtlich liebte:
So wallt mein schnell erregtes Blut;
In einer Art von Wuth
Vergeß ich Hymens wahres Wehe:
Da seufz ich nach der Ehe.
Doch übersieht mein ernster Blick
Der Ehen trauriges Geschick;

                                        Wie

Wie Hymen, der die Kunst geerbet,
Die Proteus aufgebracht,
Das beste Mädchen ach! verderbet,
Und oft in einer Nacht
Ein sanftes Lamm zum Tieger macht;
Wie viel Vulcane sich bey ihrer Venus härmen,
Bey ihrem Feuer oft auch Sklaven sich erwär-
       men,
Bey ihrer Schmach die Welt nur lacht:
Indeß die arme Treu, altväterisch gekleidet,
Stets hinter ihnen drein und stets vergeblich läuft;
Indem sie niemand hört, so sehr sie klagt und
       keift;
Wie, wann ein seltnes Paar nicht Höllen-Qualen
       leidet,
Doch Langeweil und Ueberdruß
Vom ehelichen Kuß
Ach! allzuselten scheidet:
So zittert mit gerechter Pein
Ein Schauer mir durch Mark und Bein;
So denk ich nur an Hymens Wehe,
So graut mir vor der Ehe.

Wen müssen solche Betrachtungen nicht furchtsam machen? Und wie sehr muß diese Besorgniß durch die Nach-
richt wachsen, die Sie mir, mein liebster Freund, von
Ihrem eigenen mislungenen Versuch ertheilen? Gewiß,
Ihre Begebenheit ist sonderbar und einem Roman nicht
unähnlich. Nichts kommt mir dabey wunderlicher für
als die abentheuerliche Vaterliebe des Vaters ihrer
Schönen, der nicht wissen will, daß die Frau Vater und
         Mut-

Mutter verlaſſen und einem Mann anhangen ſoll, auch deswegen Männinn heißt. Wie? Orpheus hat mit ſeiner Leyer, die vermuthlich lange nicht ſo reizend, als die Ihrige, geklungen, ſeine Geliebte dem Teufel ſelbſt ablocken können? Und ihre Lieder haben Ihnen nicht helfen mögen, Ihre Verlobte den Armen eines übertriebenen frommen Eigenſinns zu entreiſſen? Dieſer einige Umſtand macht Ihre Erzehlung mir beynahe unglaubig. Denn was dieſes anbelanget, daß Sie von einem Mädchen ſich betrügen laſſen, und ſolches für eine Göttinn gehalten, hernach aber als einen Menſchen; gleich den übrigen Kindern der verderblichen Eva, befunden haben: liebſter Freund, das iſt ganz begreiflich. Wer wird nicht auf dieſe Art betrogen?

Du ſpielteſt, Freund, mit Lieb und Schönen,
Als einer der ſie nie gekannt,
Bis mitten in der Luſt und ſüſſer Saiten Tönen
Erfahrung peinlich dich verbrannt.
So ſcherzt ein muntres Kind mit der geliebten Ka-
tze:
Der Knabe neckt ſie lang, und ihre fromme Ta-
tze
Scheint Sammet, ſcheint ihm unbewehrt,
Bis ein geſchwinder Schmerz und rinnend Blut ihn
lehrt,
Daß auch ein artig Thierchen kratze.
O Mädchen! Mädchen! flieht! umſonſt iſt mein
Bemühn:
Wann ihr nicht flieht, ich kann nicht fliehn;

Und

Und wenn ich noch so gerne wollte,
Und als ein Weiser sollte.
Denn wider ein geliebt Gesicht
Und eine schöne Brust hilft alle Weisheit nicht.
Doch schwör ich bey dem weisen Bart
Des ersten Stoickers, des Mannes meiner Art:
Ich schwör, und, o verzeiht, ihr Mädchen! daß ich
      schwöre;
Mein Schwur gereichet euch zur Ehre:
Nie will ich euch sehr nahe seyn;
Nie will ich bey vergnügtem Wein,
Wie, leider! sonst geschehn, leichtsinnig euch besin-
      gen.
Soll meine Leyer ja von eurem Reiz erklingen:
So mach ich mich dazu mit Fasten erst bereit,
Und singe fern von euch und voller Schüchtern-
      heit.
Denn o! ich seh es und mit Schmerzen:
Es läßt mit Mädchen sich nicht scherzen.

Das müssen herrliche Lieder werden, die ich nach diesem
Plane singe. Ob sie iemand lesen werde, das ist eine
andere Frage. Sie werden eine ganz neue Gattung der
Lieder ausmachen, oder doch unmittelbar auf die feyerli-
chen Gesänge der platonischen Liebhaber folgen, um die
es immer so finster und melancholisch aussieht. Sie haben, wenn man ihren hohen Worten glaubt, kein grössers Vergnügen, als ihre Thränen; und würden zeitle-
bens Thoren geblieben seyn, wenn sie nicht zu gutem
         Glü-

Glücke geliebet hätten. Ihre Mädchen machen sie nicht
bloß artig und gesittet; sondern zu Weisen, Menschen-
freunden und guten Bürgern, ja mit der Zeit gar zu
Seraphim. Das ist viel!

Doch Amor lacht bey meinem kühnen Schwur,
Und rauscht mit glänzendem Gefieder
Vor meiner Leyer hin, und fordert meine Lieder.
Es fesselt mich die herrschende Natur
Zu fest an seinen Sieges-Wagen;
Wer widerstrebt, verdoppelt seine Plagen.
Die Nacht, wer kennt sie nicht, die Freundinn hol-
der Glut?
Verfolgt, wenn alles ruht,
Mich mit Erscheinungen und flammenreichen Bil-
dern,
Die mir die Liebe reizend schildern.
Wer gleichet nicht dem Wuchrer Alfius?
Wie rauscht sein Mund von weisen Sittensprüchen!
Die Landlust wird herausgestrichen:
Sie ist das höchste Gut, das ieder suchen muß.
O heldenmüthiger Entschluß!
Er handelt schon um Wies und Felder;
Er kündigt Gelder auf: wie? zeigt sich ein Gewinn?
Er wankt und leihet seine Gelder
Auf neuen Wucher hin.
So sind wir Menschen miteinander!
Wir prahlen, wie die Alexander;
Und kommt ein holdes Mädchen, ach!
Wer ist nicht schwach?

Uz. Lyrische Ged. P Wer

Wer widersteht erobernden Geberden?
Der gestern, wie ein Almanach,
Von Eh und Weibern sprach,
Kann heute Mann und morgen Hahnrey werden.
Denn ieder schilt und ieder wagt,
Was tausenden mislung, was tausend schon beklagt.
Die Wollust einer guten Ehe
Verdunkelt iedes Gut, verdunkelt alles Wehe
Vor unserm trunknen Blick;
Und ieder hofft ein gleiches Glück.
Soll, nach des Himmels Rath, ich endlich mich ver=
                     mählen;
So wähl er selbst für mich: kein Sterblicher kann
                     wählen,
Daß diese Wahl ihm nie gereut.
Liebt mich ein gutes Kind mit wahrer Zärtlichkeit;
So hat sie die Vollkommenheit,
Die mich entzückt, die ich begehre:
Sie ist mir Pallas und Cythere.
Das, Freund! ist meine Sittenlehre!

Da inzwischen eine Hauptbeschwerlichkeit der Ehen zu
seyn scheinet, daß ihre Vergnügungen in kurzer Zeit
matt und frostig werden: so will ich Ihnen, zu künf=
tig beliebigem Gebrauch, ein besonderes Hülfsmittel wi=
der diese Plage nicht vorenthalten, das ich in einem
alten ungedruckten griechischen Buche gefunden habe.
Ein alter Athenienser hat sich zwar durch unvorsichti=
gen Gebrauch desselben Schaden gethan; aber der Mis=
brauch hebet niemals den wahren Gebrauch auf. Sie
wis=

wiſſen die ſpartaniſche Policey-Ordnung, die einem iungen Ehemanne nicht erlaubte, bey ſeiner Gattinn anders, als in geheim und verſtohlen, einzugehen. Wie?
Sie gähnen bey dem Worte: Sparta, und erwarten
eine alte Geſchichte? Sie rufen wohl gar aus:

> O bleibt, ihr ſtaubichten Pedanten!
> Ihr unerträglichen Citanten!
> Bey euern lieben Folianten!
> Was brauch ich den gelehrten Miſt?
> Dürft ihr bey allen Lumpen-Dingen
> Nach Rom und Griechenland mich bey den Haaren
> zwingen,
> Da, was ihr ſucht, in Deutſchland iſt?
> Wie? könnt ihr mich nicht überführen,
> Daß viele Hahnrey ſind, als wenn ihr griechiſch flucht,
> Und eure Fäuſte Rom citiren?
> Kehrt immer erſt vor euern Thüren:
> Ihr findet hier vielleicht, was ihr ſo ferne ſucht,

Machen Sie mich nicht böſe! Ich möchte ſonſt Luſt bekommen, Sie mit ienem Kutſcher zu vergleichen, der
ſeinen gnädigen Herrn vor einiger Zeit durch ein hieſi-
ges Amts-Dorf fuhr. Der Herr bemerkte daſelbſt ein
angeſchlagenes Kayſerliches Patent; und erſterer ward
abgeordnet, zu ſehen, was es wäre. Er gieng hin.
Das erſte, was ihm in die Augen fiel, war in dem Kay-
ſerlichen Titel das Wort: Jeruſalem. Sogleich gieng
er wieder zu ſeinen Pferden, ohne weiter zu leſen, ohne
was zu ſagen. Nun! rief ſein Herr ihm zu: was

iſts?

ifts? was giebts neues, Hanns? Nichts! · · Wie?
nichts? · · Nein! nichts! es ist eine alte Historie von
Jerusalem! antwortete der Kutscher frostig, und fuhr
immer seiner Wege. Doch ich habe Ihnen etwas erzehlen wollen; ich habe es versprochen? Aber · · Sie
werden meine Erzehlung dießmal nicht bekommen. Ich
bin durch die gemachten Einwürfe ganz auser meiner
Fassung gekommen. Als ein anderer Fontaine,

Der ehmals Hymens Heimlichkeiten
Und leben losen Streich, den Amor ihm gespielt,
In seine scherzgewohnten Saiten
So reizend sang, daß wer nur menschlich fühlt,
Nach Hymens Freuden biebisch schielt;

wollte ich Ihnen erzehlen, wie der vorgedachte Athenienser die Gewohnheit gehabt, sein artiges Weibchen
auf spartanisch zu lieben; und durch unbehutsame Ent-
deckung dieses Geheimnisses einen lüsternen Freund ver-
anlasset habe, ihn mittelst dieser Mummereyen zum Hahnrey zu machen. Denn es ist ein allzugroßes Künsteln,
wie in allen Sachen, also insonderheit im Ehestande
gefährlich; und man handelt als ein Thor, wenn man
die lachende Anmuth des Frühlings dem fruchtbarn
Herbst geben zu wollen, sich einfallen läßt. Mit wie
vielem Vergnügen würde ich mit Ihnen über diese und
tausend andere Dinge plaudern, wenn ich Ihrer güti-
gen Einladung mich gebrauchen und Sie besuchen könnte! Aber das hiesige Commißions-Geschäft ist geendi-
get; und ich werde zu Haus erwartet. Morgen reise
ich von hier ab. Ich verharre rc. Römhild 1753.

An

An Herrn Hof-Advocat G***

Du, den Gäus mir, den mir die jungen Freu-
                                den,
    Umkränzt mit Epheu, zugeführt,
Als mich der Himmel hieß auf Römhilds Fluren wei-
                                den;
Der oft mit mir beym Wein dem Vorzug nachge-
                                spürt,
Wie ächte Weisen sich vom Pöbel unterscheiden,
Wann, unbetäubt von rauhen Leiden,
Vom Glanz der Großen ungerührt,
Sie ienen standhaft stehn, sie diese nicht beneiden:
Mein G**! wenn sonst nichts beweist,
Daß ein verwandtes Blut in unsern Adern fleußt;
Wenn weder Leichenstein noch Wapen übrig bliebe:
So überzeugen meinen Geist
Der Herzen gleichgestimmte Triebe,
Zu Wein und Musen gleiche Liebe,
Zu Mädchen auch und schlauverwehrter Brust
Auf ihrem Mund, an ihrer Brust.
Ich höre mit entzückten Ohren,
Wenn Dein umlorbeert Saitenspiel
Von unsrer Freundschaft schallt, und wie ich dir gefiel,
Und wie du mich gewählt und wie ich dich erkohren.
Ach! Jude, Bauer, Schelm, Betrüger oder Thoren
Sind, unter lärmendem Gewühl,
Mein Umgang, seit ich dich verlohren:

Nach-

Nachdem, im Schoos der Vaterstadt,
Nun wieder, wie vorhin, zu dornichten Geschäften,
Die unser himmlisch Theil an Staub und Erde heften,
Mich Themis angewiesen hat.

Du, dem ein günstig Glück ein sorgenfreyes Leben
Und, ohne Sklavendienst, was du bedarfst, gegeben:
Dem unverwehrt ist, frey zu seyn
Und ungestört sich zu erfreun:
Darf meine Muse dich in deinem Lehnstuhl stören,
Und achtest du auf ihre Lehren,
Wann mit entwölktem Angesicht,
Sie, als ein Seneca, im Schoos der Wollust spricht:
Freund! so verlange nicht,
Dein stilles Glücke zu vertauschen
Mit Ketten mühevoller Pflicht,
Die um der Ehrfurcht Arme rauschen.

Der Weise, dessen Herz von Menschenliebe flammt,
Flieht nicht vor anvertrauten Bürden:
Doch drängt sich nie sein Hals ins Joch geehrter Wür-
                                    ben,
Aus einem niedern Stolz, den seine Brust verdammt.
Sein Herz ist groß genug, die Größe zu verachten,
Die farbicht schwillt und platzt, eh kleine Seelen
                                    dachten,
Die nach dem bunten Tande schmachten,
Und um ein schimmerreiches Amt,
Das ihrer nicht bedarf, noch sie bedürfen, laufen,
Der Thorheit Sklaven sind und neue Fesseln kaufen.
                                    Der

Der Thor bleibt stets ein Thor, auch in der Ehre
Schoos;
Und wird von innrer Knechtschaft Schande,
Von Knechtschaft schlimmrer Art, als eines Rudrers
Bande,
Selbst unterm Purpur niemals los.
Die Höhe, wo er steht, macht keinen Gecken groß:
Sie läfft, wie klein er sey, nur besto weiter sehen.
Ein Sturm des Glücks verschlägt ihn an entweihte
Höhen;

Ein stürmisch Glück
Schlägt wieder ihn zurück:
Wie eine träge Regenwolke
Sich auf des Windes Flügeln hebt,
Und über einem ganzen Volke
Mit fürchterlichem Schatten schwebt.
Sie rauscht in ungewohnter Sphäre:
Nicht lange! denn die eigne Schwere
Drückt sie zur Erde halb herab,
Die ihr den Ursprung gab.

Gib nicht im Frühling muntrer Jahre.
Verblendeten Begierden Raum;
Und überlaß den Geiz der Kindheit grauer Haare,
Dem Stolz der Ehre Sommer-Traum.
Die Sorgen stören ihn mit schreckenden Gestalten:
Durch Niederträchtigkeit wird, was ihn reizt, er-
langt,
Durch Niederträchtigkeit erhalten;
Und schmilzt, wie Frühlings-Reif, der an der Son-
ne prangt.

P 4   Der

Der große Liebling großer Fürsten
Mag unerquickt nach Ruhe dürsten:
Sie flieht ihn schüchtern überall.
In iedem dunkeln Laut, in Blicken und Geberden
Zeigt bange Furcht ihm seinen Fall:
Der Sklave fürchtet, frey zu werden!

Freund! von des Irrthums Brust entwöhnt,
laß dich kein Puppenspiel von güldner Freyheit schel-
          ben;
Und brich die Rosen aller Freuden,
Die keine Reu umdornt, kein spätes Ach! umtönt.
Der weisen Wollust sey dein Garten eingeweihet,
Die, von der Weisheit Hand gekrönt,
Mit ernster Tugend nie entzweihet,
Die ernste Tugend selbst mit wahrer Lust versöhnt.

Seh ich unter grünen Lauben,
Bey dem Gotte froher Trauben,
Und beym Saitenspiel der Musen,
An des besten Mädchens Busen,
Dich, vom sichern Busch verdeckt,
Unter Bluhmen hingestreckt?
Hör ich unter Nachtigallen
Deine süssen Lieder schallen?
Lieber, wie mein Chaulieu sang,
Wenn er frey vom eklem Zwang
Und bey spätem Weine lachte!
Bacchus, wenn sein Lied erscholl,
Ließ den trunknen Becher voll,
Der ihm in die Augen lachte;

Und

Und, gelehnt auf seinen Stab,
Der vom heilgen Lorbeer rauschte,
Hieng er schweigend hin und lauschte,
Bis der Dichter durstig schwieg, Bacchus ihm
den Becher gab.
Doch meinen Dichtergeist umnebeln leichte Träume!
Du ruhest itzt wohl nicht im Schatten deiner Bäu-
me!

Nun, da sie fast entblättert stehn,
Und rauhe Winde nur im öden Garten wehn:
Da, nach des Herbstes mildem Segen,
Das greise Jahr mit kalten Regen
Die Fluren umgewühlt, wo Raben einsam gehn.
Wenn Zephyr die verjüngten Blätter
Und Floren und die Liebesgötter
Auf düftendem Gefieder bringt;
Und in der Frühlings-Luft die frühe Lerche singt:
Alsdann wird Amor dich im Grünen wieder finden;
Dich, der sein Sklave schon, ihm nur entwischet
war',
An seinen flammenden Altar
Mit Bluhmen ewig feste binden,
Zu seiner andern Sklaven Schaar.

Laß von den Grazien dir eine Gattinn wählen,
Die nicht von den gemeinen Seelen,
Bloß wirthlich, reich, vielleicht getreu,
Doch ohne Zärtlichkeit und lauter Pöbel sey.
Zwar wir, wie unsre Väter wissen
Von keinen englischen Clarissen:

An ihre Würbe reicht kein sterblich Mäbchen hin.
Ach! Harlows Tochter starb! auf Erden war kein Gatte
Für diese, die nichts weiblichs hatte,
Als Reizungen und Eigensinn.
Du, Freund! bist selbst ein Mensch, und wirst ein
        menschlich Wesen
Zu einer Gattinn bir erlesen:
Zu glücklich, wenn sie dir, vom Himmel mild bedacht,
In einem holden Leib, zu schlauer Lust gemacht,
Auch eine Seele zugebracht,
Die benkt und edel benkt, die Tugend liebt und kennet,
Und dich, als Freundinn, liebt, wenn sie dich Gatten
        nennet!
O Wollust, nicht bloß einer Nacht!
Die Tage werben dir in ihrem Arm verschleichen,
So ruhig, als ein Bach, der unter finstern Sträuchen,
Von hohen Bäumen rund umwacht,
Stets ungerunzelt lacht;
Hoch über ihm hinweg braust unter nahen Eichen
Der schwarzen Stürme Wuth, die niemals ihn erreichen.

    Anspach 1753.

               An

An Herrn Hofrath C*

Wie? Sie haben meinen Nahmen auf dem Parnaß gehört? Ich soll daselbst nicht ganz unbekannt, nicht ganz ausser Achtung seyn? So
zuverlässig Ihre Nachrichten von einem Orte, wo sie einen so hohen Platz behaupten, mir mit Recht scheinen
müssen; so kann ich doch diese nur für einen freund-
schaftlichen Scherz ansehen.   Wie könnte ich eine Parthey auf dem deutschen Parnaß haben, da hier alles
durch Cabalen zugeht; und ich hingegen ein Feind aller
solchen kleinen Rottirungen bin?   Inzwischen hat Ihre sinnreiche Dichtung mich ungemein ergetzet.   Weil
ich den ganzen Tag über damit beschäftiget gewesen; so
ist meine Seele selbst im Schlafe damit fortgefahren,
hat dasjenige, was ich zu verschiedenen Zeiten und stück-
weise gedacht, in eine besondere Vorstellung zusammen-
gehänget, und folgenden Traum gebildet.

Ich schleiche mich aus einem Hayn,
Wo Myrthen unter Lorbeern rauschen,
Und Liebesgott und Satyr lauschen,
In einen lichten Tempel ein.
Die Musen lachen mir entgegen:
In Marmor nachgeahmt, scheint Liebe sich zu regen,
Und mehr, als bloßer Stein, zu seyn.

Der

Der weiſe Marmor ſcheint beſeelet:
Von keinem neidiſchen Gewand
Wird auch der kleinſte Reiz verheelet;
Und weder ſchönes Maaß, noch lenes Weiche fehlet,
Das alter Griechen leichte Hand,
Von Grazien geführt, mit härtem Stein verband.
In Marmor ſtehn an ihren Seiten
Die Dichter neuer Zeit, bey Dichtern alter Zeiten:
Da Lieblichkeit am Griechen lacht,
Ein Ernſt voll Maieſtät den Römer kenntlich macht,
Und manche Härte noch und wildere Geberden
In iedem Blick entdecket werden,
Das iüngre Kunſt hervor gebracht.
Mein Auge ſäumt bey iedem Stücke;
Doch Pindar feſſelt meine Blicke.
Sein ſtolzes Auge rollt, voll ungeſtümmer Glut,
Voll heilger Wuth.
Dem kühnen Griechen gegen über
Steht Flaccus, deſſen Blick ſatiriſch lächelnd
blitzt:

Er ſingt, von ſanftern Gott erhitzt,
Und ohne Zückung, ohne Fieber,
Oft nachgeahmt und nie erreicht,
Hebt ſein geflügelt Lied ſich prächtig, hoch, doch
leicht.

Ich betrachtete dieſe beeden großen Männer mit einer
ſo ehrerbietigen Aufmerkſamkeit, daß ich lange Zeit den
Lärm nicht bemerkte, welcher immer mehr um mich
herum anwuchs. Eine Menge Leute, die ich alle für
Deutſche erkannte, waren in den Tempel eingedrungen;
aber

aber durch zwey verschiedene Thore, welche, wie ich hernach zu erfahren Gelegenheit hatte, auch zu verschiedenen Wegen leiteten. Der eine, welcher der gebahnteste schien, düftete von den lieblichsten Bluhmen aller Arten. Diejenigen, die auf demselben in den Tempel kamen, räucherten insgemein den ehrwürdigsten Dichtern Griechenlands, Roms und Frankreichs, und besungen ihr Lob, wenigstens in einem verständlichen Deutsch und unter dem Getöne des Reims. Hingegen die übrigen, die auf dem andern Pfade wandelten, der sehr rauh und überhaupt nicht eben der lustigste zu seyn schien, verschwendeten allen ihren Weihrauch bey einer dem Homer gegenüberstehenden brittischen Statue von schwarzem Marmor: sie sungen ihm zu Ehren uranische Lobgesänge voll Olymp und zu gleicher Zeit voll mizraimischer Finsterniß, in seltsamen Versarten, die sie mit gewißen griechischen Nahmen gütig beehrten.

Ihr Liebling, unerquickt vom gülbnen Sonnen-
> lichte
Stund mit erstauntem Angesichte,
Dem Hoheit eines Gotts aus vielen Zügen sah,
Voll feuriger Entzückung, da:
Und Engel, Teufel, Himmel, Hölle
Vermischten, unverwirrt, sich an dem Fußgestelle.
Für ihn, den Deutschland halb vergöttert, halb ver-
> dammt,
Für ihn und andre iunge Britten,
Aus derer Augen selbst, wie oft aus ihren Sitten,
Was kühnes und fast wildes flammt;

Steigt

Steigt soviel Weihrauch auf aus hundert Opferschaa-
len,
Daß dicker Wolken Dampf die alten Dichter deckt,
Verdunkelt, aber nicht befleckt:
Sie werden ewig schön mit reinem Glanze strahlen.

Immittelst näherte sich mir eine Weibsperson von ernst-
haftem, strengem Ansehen, und mit einem blendend weissen Kleid angethan. Sie redete mich liebreich an. Ich
habe mit Vergnügen gesehen, waren ihre Worte, auf
welche dieser heiligen Denkmaale deine vorzügliche Auf-
merksamkeit gefallen ist. *) Ich billige deine Wahl,
welche von den herrschenden Vorurtheilen dieser Zeit
nicht hingerissen worden. Ich selbst will dich durch
dieses Heiligthum begleiten: ich will dir die Vornehm-
sten deines Volkes zeigen, die, nebst andern, auf dem
von Opitz gebahnten Wege beharret, und sich eine Stelle bey den Lieblingen der Musen erworben haben.

Sieh! Opitz steht voran: Sein Geist kennt keine
Schranken:
Natur ist, was er denkt, und was er schreibt, Gedan-
ken:
Er sang, unsterblicher Gesang!
Beseelt von einem sanftem Feuer,
Noch rauh, doch männlich schön, in seine neue Leyer:
Da

---

*) Ils se moquent de moi qui plein de ma lecture,
Vais par-tout prechant l'art de la simple Nature.
Malheureux, je m'attache à ce goût ancien.
Oeuvres divers. de Mr. de la Fontaine T. I.

Da dessen flüchtig Lied, der bis zum Tigris drang,
Oft kühner, öfter schwach erklang.

Wie richtig sprach, wie edel dachte
Der weise Hofmann an der Spree,
Um den, in Blumbergs weichem Klee,
Ein wohlgezogner Satyr lachte!
Sieh einen Menschenfreund, um reicher Elbe Strand,
Von reger Phantasie entbrannt,
Sein irdisches Vergnügen mahlen,
Wo doch der übereilten Hand
Manch falscher Zug entwischt, oft falsche Farben
prahlen.

Bey Popen steht ein großer Mann,
Der auf der Alpen Lob im Schnee der Alpen sann:
Des neuen Ausdrucks Glanz umleuchtet weise Lehren;
Und stimmt sein Saitenspiel ein feurig Straflied an,
Wer wird nicht seinen Schwung, den edlen Schwung
verehren,
Und harte Töne gern verhören?
Mit ihm schwingt am entfernten Belt
Ein angenehmer Geist sein glänzendes Gefieder:
Nie fliegt er bis zum Pöbel nieder:
Er unterrichtet, er gefällt
Dem Weisen, wie der großen Welt
Im feinen Scherz der schönsten Lieder
Und im Johann, dem Seifensieder.

Auch dieser junge Greis, der aller Freude Feind,

Um=

Umwölkt mit kranker Schwermuth, scheint,
Hat mit so heitrem Witz erzehlet,
Daß, wenn die Fabel spricht, sie seine Sprache
wählet.

Doch, ach! Melpomene beweint
Dich, welcher im Canut ihr Thränen einst entris-
sen;
Sie selbst hat ihren iungen Freund
In Marmor aufgestellt, bethränt mit ihren Küs-
sen.
Dem, dessen sanfter Schäfer-Ton
Die feinste Schalkheit deckt, da seine leichten Sai-
ten
Selbst mit Fontainens Leyer streiten;
Und deinem alten Freund, Berlins Anakreon,
Den alle Grazien begleiten,
Läßt Amor ihren Ort beym Tejer zubereiten.
An seiner Seite wird noch einem seiner Art,
Dem Vater holder Kleinigkeiten,
Ein ehrenvoller Platz bewahrt.

Aber in diesen Tagen, fuhr meine Begleiterinn fort, fängt
iener so schöne und sichre Pfad von neuem an, zu verwil-
dern. Der englische Witz scheinet auf den deutschen Parnaß eben so vielen Einfluß zu haben, als die englischen
Krieges-Heere und Schätze auf das Gleichgewichte von
Europa: London ist, was Paris gewesen. Und wer
muß die brittische Muse nicht verehren, die von einem
göttlichen Feuer begeistert, mit ungestümmem, aber oft
regellosem Fluge sich in Höhen, wohin ihr niemand folgen
kann, schwinget, ob sie gleich auch nicht selten um die
un-

unfruchtbarn Klippen des frostigen Schwulstes flattert!
Ihre Schönheiten sind ungemein; aber ihre Fehler nicht
minder. Denn der Britte hält in keiner Sache Maaß:
sein Feuer reisset ihn hin, und er gefällt auch selbst in seinen Ausschweifungen. Aber ist der Deutsche zu entschul-
digen, der bey seinem angebohrnen Phlegma sich zwin-
get, ausgelassen hitzig zu thun, und mit kaltem Blute zu
rasen? Die englische Art zu schreiben ist wie die englische
Regiments-Verfassung: sie sind beyde gut; aber nur
für englische Köpfe. Aus dieser Ursache haben die klü-
gern Deutschen sich niemals einfallen lassen, die Engelän-
der durchgehends zu ihrem Muster zu nehmen: sie haben allein ihre starke, ihre gedankenreiche und körnichte
Art zu dichten nachgeahmet. Dieß sind wahre Schönheiten, Schönheiten für alle Zeiten und alle Völker.
Eine behutsame Nachahmung derselben ist dem deutschen
Parnaß schon nützlich gewesen, und hätte noch nützlicher
werden können, wenn nicht so viele andere einer gleichen
Mässigung vergessen hätten.

Kann ein verblendet Volk die Thorheit höher trei-
      ben?
Der nicht, wie Britten, denkt, will, als ein Britte,
      schreiben!
Der Deutsche will ein Britte seyn,
Und kauft ein englisch Kleid auf einem Trödel ein.
Der Aufwand ist gering: ein schwülstiges Geschwä-
      tze,
Das der Vernunft vergißt, wie aller Sprachge-
      setze,

Uz. Lyrische Ged.   Q   Manch

Manch Schulwort, manch verwegner Schwung
Und schwärmende Begeisterung
Macht schon ein ziemlich Kleid nach Londons neustem
Schnitte:
Dem Kleide fehlt nur eins! der Britte.
Was hilft ein fremder Schmuck, der, im Gebrauch
befleckt,
Nur klappernde Gerippe deckt,
Die nach des Grabes Moder riechen?
Wie oft verbirgt in wilder Pracht
Des Ausdrucks unerhellte Nacht
Gedanken, die im Staube kriechen!
Die deutsche Dichtkunst weicht von weisrer Alten
Spur:
Der gründliche Geschmack an Wahrheit und Na-
tur,
Der Wohlklang in gesunden Ohren,
Die Sprache selber geht verlohren,
Da alle Scham verlohren geht:
*) Ein Deutscher ist gelehrt, wenn er solch
Deutsch versteht.

Un*

---

*) Nous sommes cinq ou six Novateurs hardis qui
avons entrepris de changer la langue du blanc au
noir. Et nous en viendrons à bout, s'il plait à
Dieu, en depit de Lope de Vega, de Cervantes &
de tous les autres beaux esprits qui nous chican-
nent sur nos nouvelles façons de parler.
Avantures de Gil Blas L. VII. c. 13.

Unter biesen Reben hatte sich das Getümmel im Tempel
bermaſſen vermehret, daß meine Gefährtinn und ich einander nicht mehr verſtunden, und endlich von dem ein-
bringenden Schwarm ganz von einander geriſſen wurden.
Ich ſah, wie alles dieſes Volk, bis auf wenige Perſo-
nen, die bey den Dichtern des Alterthums ruhig ſtunden,
ſich in zween Haufen getheilet, ieder derſelben aber ſeinen
Liebling hatte, deſſen marmorne Statue ſie bey Milton
oder Virgilen aufzurichten ſuchten, und von andern ſich
baran verhindert ſahen.   Jeder Theil hatte gewiſſe pa-
pierne Poſaunen zu ſeinem Dienſte, die mit einem lauten, oft beſchwerlichen Gekreiſche vor dem Bilde her-
giengen; indeß ihnen die Gegenparthey mit kleinen hellen Stutzer-Pfeifchen antwortete.   Ich hörte höniſch
lachen und mit unter auch ſchimpfen: ia einige warfen
ſogar mit Kothe nach dem Helden des Gegentheils; und
dieſe ſchienen wohl eifrige, doch nicht eben die fürchter-
lichſten Feinde zu ſeyn.   Indeſſen wuchs der Streit,
und das Getöſe nahm überhand.

Wie, wann der ſchwarzumwölkte Süd,
Auf deſſen finſtrer Stirn ein wüthend Feuer
                                        glüht,
Am regenvollen Himmel brüllet,
Und ihm aus Scythien, in ſchauernd Eis verhül-
                                        let,
Der kalte Nord entgegen zieht;
Von ihrem Kampf die Luft erzittert,

Der

Der Erden Veste bebt, und in erschrocknen Hayn
Was sich nicht beuget, kracht und splittert,
Und alles taumelnd seufzt, vom furchtbarn Sturm
erschüttert:
So nahm Getös und Lärm den ganzen Tempel ein:

Als eine glänzende Erscheinung eine plötzliche Stille ver-
ursachte. Ich sah den Gott des guten Geschmacks auf
einer leuchtenden Wolke und so, wie ihn Voltaire gesehen, in den Tempel kommen. Seine heitre Stirn war
mit den Lorbeern des Maro, mit dem Epheu des Horaz
und mit Anakreons Rosen umkränzet; und seine ganze
Gestalt lachte von ungeschminkter, doch rührender Anmuth. Er sprach; und seine Worte waren süsser, als
die Töne der harmonischen Leyer:

Ihr Freunde! höret mich, die ihr die Schönheit
nennet,
Für ihre Rechte kämpft, und sie vielleicht nicht kennet!
Es lacht auf ihrer Stirn die Einfalt der Natur:
Sie ist auch nackend schön; nicht schön im Purpur
nur.
Ein bunter Hurenschmuck ist falscher Schönheit eigen:
Die gleißt von Flittergold, und will sich immer zeigen;

Und

Und will vorwitzig stolz, auf Stelzen sich erhöhn,
Dem Winde sich vertraun, und auf den Wolken
gehn.
*) Das Wahre nur gefällt; und wollt ihr würdig
dichten,
So muß die Dichtung nicht auch die Natur vernich-
ten.
Oft fliegt sie schwärmend auf; allein verflieget sich,
Und wird nicht wunderbar, nur abentheuerlich.
In Ländern voller Lichts, in aufgeklärten Zeiten,
Soll wider die Vernunft allein die Dichtkunst strei-
ten?
Wie? dieses Himmelskind schmückt pöbelhaften
Wahn,
Pflanzt alten Irrthum fort und pflanzet neuen an?
Mit Mährchen spielt allein die lachende Satyre:
Die hohe Muse weis, was ihrem Ernst gebühre.
Dem Scherze wird verziehn, der eine Thorheit
wagt;
Doch der wird ausgezischt, der sie im Ernste sagt.
Nicht Schönheit einer Art muß aller Orten la-
chen:
Was immer wiederkommt, wird endlich müde ma-
chen.

Q 3 Wer

***

*) Rien n'est beau que le Vrai, le Vrai seul est ai-
mable,
Il doit briller par - tout & même dans la Fable.

Boileau.

Wer immer mahlt und mahlt, und ieben Mücken-
Fuß
In sein Gemählde bringt, mahlt uns zum Ueber-
druß.
Der Schüler der Natur verlangt nicht stets zu glän-
zen:
Er läßt ein lebhaft Licht an sanfte Schatten grän-
zen.
Es blendet unser Aug ein steter Sonnenschein:
*) Wir suchen Dunkelheit und fliehen in den
Hayn.
Der Bluhmen hohen Glanz wird falber Grund erhe-
ben;
Da Sudler überall nur lichte Farben geben.
Was pfropft ihr ein Gedicht mit Gegensätzen voll,
Und strahlt mit kühnem Witz, auch wo er schweigen
soll?
Hört auf, stets räthselhaft, in Sprüchen stets zu spre-
chen:
Warum soll ieder Satz den müden Kopf zerbre-
chen?

Nicht

*) Lorsque nous demandons des choses, qui nous pi-
quent & nous reveillent, outre qu'il est à propos que
ces choses soient menagées & dans des distances
convenables, nous voulons encore qu'elles soient
placées sur un fond simple. Lettr. II. sur les cau-
ses de la Decadence du goût par Remond de Saint
Mard.

Nicht seicht fließ' euer Vers, nicht von Gedanken
leer:

Er fließe klar dahin, obgleich von Golde schwer.

*) Soll Deutschland euer Haupt mit Lorbeern dank-
bar krönen;

So lehret euer Lied, auch deutsch, nicht fremde tönen.

Der alten Saitenspiel schall' eurer Leyer vor:

Sie dichten für den Geist, und singen für das Ohr.

Die schönste Sprache fließt von ihren reinen Lippen:

Sie fliehn ein freches Wort, gleich Icars bleichen
Klippen.

Schleift alles Rauhe weg! wählt; aber künstelt
nicht!

†) Auch der wird lächerlich, der nie, wie andre
spricht:

Q 4   Der

---

*) Neque conamur sperare, qui latine non possit, hunc
ornate esse dicturum : neque vero, qui non dicat,
quod intelligamus, hunc posse, quod admiremur,
dicere.   Cic. de Orat. III.

Tanquam scopulum, sic inauditum atque insolens
verbum, fugiamus.   Cæsar. L. I. de Analogia.

†) Le Seigneur Don Fabrizio, qui fait des Vers dignes
du Roi Numa, & qui écrit en Prose comme on n'écrit
point.   Avantures de Gil Blas L. VIII. c. 9.

Hæe

Der bald ein schimmelnd Wort bejahrter Nacht ent-
reisset,

Das niemand ißt mehr kennt, bald neue werden heiß-
set;

Die kühnsten Tropen häuft, versetzt, verstümmelt,
wagt,

Und doch nicht schöner sagt, was andre längst gesagt.

Ihr Deutschen, die erhitzt in meinem Tempel zanken!

Die Sucht, stets neu zu seyn in Worten und Gedanken,

Umschleicht, wie eine Pest, auch euer Vaterland,

Sie, die mich aus Athen, die mich aus Rom verbannt.

Die Muse Griechenlands, die Muse Roms entzückten,

So lang sich beyde noch mit edler Einfalt schmückten;

Und ihr bescheidner Mund noch immer menschlich
sprach,

Auch wann aus ihrem Blick ein göttlich Feuer brach.

*) Doch, ach! als beyde sich, wie feile Dirnen,
schminkten,

Von Salben düfteten, und sich am schönsten dünkten,

Wenn

Hæc verba tam improbe structa, tam negligenter
abjecta, tam contra consuetudinem omnium posita.
Senec. Epist. 114.

*) Ainsi dégénérérent ces graces fieres & modestes des
Romains; ainsi perit cette belle & majestueuse sim-
plicité de Ciceron. Lettre 1. sur la decadence du
gout par Remond de Saint Mard.

Wenn sich zu frechem Blick ihr buhlend Auge zwang:
War ihre Schönheit hin und kraftlos ihr Gesang.

Diese lange Rede würde vielleicht noch länger und noch entscheidender für die streitenden Theile geworden seyn; wenn nicht das Getümmel derer, die mit derselben schlecht zufrieden waren, den Gott unterbrochen und mich selbst aufgewecket hätte. In der That! ein langer Traum! werden Sie sagen. Vielleicht haben die langen Winternächte denselben so lange gemacht. Vielleicht hat auch der Traum der schönen Mirzoza, den ich in einer der witzigsten Schriften des jüngern Crebillon vor dem Schlafengehen gelesen, meine Phantasie zu einem so langen und critischen Traum vorbereitet. Er sey inzwischen so gut oder so schlecht, als er wolle, so habe ich Ihnen denselben erzehlen wollen. Ich bin mit ehrerbietiger Hochachtung 2c.

Anspach 1754.

An

An einen Freund.

Noch einen Traum soll dieser Brief erzehlen,
 Dir, liebster G**! ich sollt ihn zwar verheh-
    len:
O hätt ich nie den Traum bekannt gemacht,
Der wider mich die Dichter aufgebracht!
Ich war zu schnell, ein Wespennest zu stören:
Denn glaube, Freund! wenn Wespen löwen wä-
    ren,
So würde längst mein blutiges Gebein
In Stäub zermalmt, wo nicht verschlungen seyn.
Ich leb und träumt' und sah die Pierinnen,
Den Phöbus auch: ihm folgten die Göttin-
    nen
Auf einen Berg, der schattigt sich erhob:
Calliope sang unsers Helden Lob.
Sie sang entzückt, ihr kriegrisch Auge brann-
    te:
Ein Jüngling kam, den Phöbus kaum erkannte.

           Er

Er gieng zum Gott mit wildem Ungestüm,
Nicht mehr, als Freund; und redete vor ihm:

Wie lang verderbt, mit liederlichen Scher-
zen,
Dein Dichter-Volk die Sitten und die Herzen?
Verruchter Schwarm von Sardanapals Art!
Auch der trank Wein und salbte seinen Bart.
O Schande! soll von unerlaubten Dingen,
Von Lieb und Wein, der Deutsche jauchzend sin-
gen?
Der schnöde Witz, der strafbar süsse Ton
Gefällt im Gleim und im Anakreon?
Ist Hagedorn in aller Schönen Händen?
Und alter Staub soll Epopeen schänden,

Die

Wenn ein Dichter an seinem poetischen Carakter angegrif-
fen wird: so kann er schweigen, und der Welt das Urtheil überlassen, ob seine Verse gut oder schlecht sind.
Wenn hingegen sein moralischer Carakter angetastet
wird: so muß er sich vertheidigen. Kann er gleich-
gültig bleiben, wenn ein partheyischer Haß die ent-
ferntesten Gelegenheiten, seine Sitten verdächtig zu
machen, herbeyzieht; die verehrenswürdigsten Got-
tes-

Die lehrreich ſind? O Tugend, fleuch bethränt
Von einem Volk, das ach! beym Noah gähnt!

Er ſeufzte tief und murmelte von Rache,
Von Sympathie und von der guten Sache.
Wer fröhlich ſcherzt, ward ein Inſekt genannt:
Er nannt auch mich und drohte mit der Hand.
Apollo ſchwieg, und wäre fortgegangen:
Doch Erato, mit glühend rothen Wangen,
Stund hitzig auf, und ſah den böſen Mann
Mit ſtolzem Blick und voll Verachtung an.

Welch

tesgelehrten, wenn es möglich wäre, zu Werkzeugen
ſeiner Nachbegierde zu machen, und ſich unter die De-
cke der Religion zu verbergen ſucht? Ein fanatiſcher
Eifer iſt anſteckend. Weil die Deutſchen ſeit einigen
Jahren, in der Liebe zur ſcherzenden Dichtkunſt ausge-
ſchweifet haben: ſollen ſie nun in dem Haß wider die-
ſelbe ausſchweifen? Eine ruhige Weisheit lehret auch
hier den anſtändigen Mittelweg finden, den die blinde
Leidenſchaft allezeit verfehlet.

Welch schwacher Geist, hört ich die Muse sa-
                                        gen,
Will von Parnaß die Grazien verjagen?
Ist niemand weis, als wer nur immer weint,
Ein finstrer Kopf, dem Schwermuth Tugend
                                        scheint?
*) Manch grosser Mann, von ungescholtnen Sit-
                                        ten,
Hat unentehrt des Tejers Bahn beschritten,
Dem Griechen gleich zu singen sich bestrebt,
Ihm gleich gescherzt und nicht gleich ihm gelebt.
Zwar Deutschland hat, in ungeheurer Menge,
Von Lieb und Wein erbärmliche Gesänge.
Der Kenner Spott verfolget sie mit Recht:
Allein sie sind nicht böse, sie sind schlecht.
Ists unerlaubt, die Sinne zu vergnügen?
Die Freude soll nicht über Pflichten siegen:
Doch ieder Mensch, der sinnlich sich erfreut,
Ist nicht sogleich ein Sclav der Sinnlichkeit.

                                        Der

---

*) Facio nonnunquam versiculos severos parum, —
Nec vero moleste fero, hanc esse de moribus meis
existimationem, ut qui nesciant, talia doctissimos,
gravissimos, sanctissimos homines scriptitasse, me
scribere mirentur.   Plin. Epist. V, 3.

Der Weise darf ein Mädchen artig finden,
Die Schönheit sehn, die Schönheit auch empfin-
den,
Auf Bluhmen ruhn, und wenn er edlen Wein .
Mit Freunden trinkt, auch trinkend fröhlich seyn.
Ihn darf, ihn muß, was reizend ist, entzücken:
Und, was er fühlt, in Liedern auszudrücken,
Soll strafbar seyn? Du schreyst: er ist ver-
dammt!
Doch dieser Mensch dient Gott in seinem Amt;
Lebt unbefleckt, auch wann er jauchzt und singet,
Auch wann sein Lied von Wollust sanft erklin-
get:
Und glaube mir, des Weisen Wollust sey
Mehr Tugend, Freund! als deine Schwärmerey.

Der leichte Scherz, das Tändeln muntrer Jugend;
Ein schalkhaft Bild *), bey welchem keine Tugend

Er-

*) Auch die Heiligen schildern zuweilen schalkhaft. In den
Briefen von Verstorbenen an hinterlassene Freunde
S. 21.

Erröthen darf; ein Satz, der nicht bestimmt,
Halb Wahrheit ist und halb zur Lüge schwimmt,
Erbittern dich auf unschuldvolle Dichter:
Du schmählest, schimpfst und wirst ein Splitterrich-
ter.

Dein Eifer schließt von einem freyen Scherz,
Ganz übereilt auf ein verruchtes Herz.
Der Dichter singt in Indisch weichen Tönen,
Nicht allezeit, nicht stets von Scherz und Schönen:

Und

S. 21. 2c. mahlet die selige Lucinde ihre noch lebende
Freundin Narcißa also:

Itzo sitzet Narcissa, von blumychten Byschen verborgen,

Auf der Bank von Violen, und ohne den Zaubergyrtel

Schoen wie Armida, von tausend Amoretten umgeben:

Wollust trunken, den Arm um ihren weissen Nacken
umschlingend,

Klebet Jocasto an ihren schwellenden Lippen: die By-
sche

Rauschen von lysternen Seufzern umher, die schwim-
menden Augen
Sehn nur Entzykung um sich.

Ein Gemählde, welches mit einer Scene zwischen Leß-
bien und Selimor, im 3ten Buche des Siegs des Liebesgottes, viele Aehnlichkeit hat!

Und wenn er nun Theodiceen singt,
Sprich, ob sein Lied noch weich, noch lydisch
klingt?
Die Mäßigung, die Wissenschaft zu leben,
Sich über Glück und Unglück zu erheben,
Sich immer gleich, durch Unschuld groß zu seyn,
Besingt er auch, wie Chloen und den Wein?

Die Billigkeit ist rühmlich auch im Strei-
te!
Sieh deinen Feind nicht blos von einer Seite:
Sieh, ob nicht selbst, im grünen Myrthen-
wald,
Ein lehrend Lied in seine Saiten schallt.
Der Jüngling geht in diesen Myrthensträuchen
Dem Dichter nach, der Freude nachzuschlei-
chen:
Er sucht nur Lust, und höret überall
Der Weisheit Ruf, nicht bloß die Nachtigall:
So wandelt itzt, wann in dem lauen Lenzen,
Arkadiens beblühmte Fluren glänzen,
Ein junger Hirt mit seiner Schäferinn
Und Arm in Arm, durch Auen fröhlich hin.

Das

Das muntre Paar scherzt, lacht und will nur küs-
                                    sen:
Wann plötzlich sich vor seinen leichten Füssen,
Im schönsten Thal ein marmorn Grab erhebt,
Der Daphne Grab, die gestern noch gelebt.
Der Schäfer starrt, tiefsinnig steht die Schöne:
Ihr helles Aug umwölket eine Thräne:
Sie seufzt gerührt: ist uns der Tod so nah?
Der Jugend selbst? und in Arkadia? *)

Du darfst vielleicht der schönsten Muse leh-
                                    ren,
Die rauhen Ernst verschmähet,   auch nicht hö-
                                    ren?
Wenn ihre Stirn mit Rosen sich umkränzt,
Aus ihrem Blick ein schmeichlend Lächeln glänzt:
So darf sie nicht vor Heiligen erscheinen?
Nur diese gilt bey dir und bey den Deinen,

                                    Die

---

*) Nachahmung eines Gemähldes vom Poußin, welches
   von Du Bos in den Reflexions critiques sur la
   Poesie et la Peinture, T. 1. ch. 6. beschrieben
   wird.

Uz. Lyrische Ged.   R   Das

Die finster sieht, und kalt, wie scythisch Eis,
Nur lehren will, nicht zu gefallen weis?
Ihr suches Lob und lobet, die euch loben:
Auf andre wird die Geisel aufgehoben.
Man ließt euch nicht! ihr werdet bös' und
klagt,
Daß niemand mehr nach guten Sitten fragt:
Doch Gellert wird gelesen und verehret,
Obgleich sein Lied die reinste Tugend lehret.
Die Jugend lernt sein reizend Lehrgedicht:
Ihr lehret auch; doch reizend lehrt ihr nicht.
Verbietet ihr, daß Deutschland, wann ihr dich-
tet,
Euch mit Geschmack nach euern Regeln rich-
tet,
Um ächten Witz und Schönheit der Natur,
Das Schöne stets und nicht das Wahre nur,
Doch Richtigkeit in Ausdruck und Gedanken,
Nicht kalten Schwulst, noch Träum' erhitzter Kran-
ken,
Bey Dichtern sucht; und über falsche Pracht
Und Rauhigkeit an seinen Lehrern lacht? *)

Der

*) Man sehe die scharffinnigen Briefe über den itzigen Zu-
stand der schönen Wissenschaften in Deutschland.

Der Stoff allein macht keine Meisterstücke:
Der Bildung Kunst vergnüget kluge Blicke.
Wär ieder groß, der uns die Tugend preist,
So wär Hannß Sachs der Deutschen größter
Geist.

Ein Jupiter ist prächtig anzuschauen,
Den Phidias in Marmor ausgehauen:
Der Donnergott noch schrecklich auch im Stein,
Nimmt iedes Herz mit heilgem Schauer ein.
Doch zweifle nicht, daß, ausser unter Wenden,
Ein Liebesgott, von eines Mirons Händen,
Den Kennern auch und mehr gefallen kann,
Als Jupiter von Meister Zimmermann.

Hier konnte sich der Jüngling nicht mehr hal-
ten:
Die stolze Stirn umwölkten Grimm und Falten:
Er stund und schwur dem heidnischen Parnaß,
Den Musen selbst, auf ewig seinen Haß.
Er gieng erzürnt: ich sah ihm nach und lachte,
So dreist und laut, daß ich vom Schlaf erwach-
te.

Was

Was ich gehört, o G**! ergetzte mich:
Du denkst vielleicht: ein Thor vertheidigt sich!
Ein wahres Lob ist immer wahr geblieben!
Weil Kenner dich und deine Muse lieben:
Verachtest du der kleinen Richter Schmähn,
Die sich vor dir mit Midas Weisheit blähn.
Wie aber, Freund? so soll vergällten Herzen
Vergönnet seyn, mich tückisch anzuschwärzen?
Verurtheilt mich ein schwärmerisch Gericht,
Weil ich gescherzt, als einen Bösewicht?
Ich haßte stets die Sitte schwarzer Rotten,
Was heilig ist, leichtsinnig zu verspotten:
Nie unverschämt und niemals ruchlos klang
Mein Jugendlied, wenn ich beym Weine sang.
Religion und Tugend auszubreiten,
Hielt ich für Pflicht in meinen frühsten Zeiten;
Und lehrte selbst, ich, der den Wein erhob,
Mein Saitenspiel der Gottheit glänzend Lob.
Nur üb ich mich noch schüchtern und im Stil-
                           len:
Hier braucht man mehr, als einen guten Willen.
Hier muß nichts kalt, nichts niedrig, nichts gemein,
Muß alles groß und Gottes würdig seyn.
Der Dichter soll des Volkes Herzen rühren,
Doch klüger seyn, nicht folgen, sondern führen;

                                  Und

Und sein Gesang, von reinem Licht gelehrt,
Muß, fern von Wahn, der unsern Gott ent-
ehrt,
Die Poesie bis zum Begriff erheben,
Den uns Vernunft und Offenbahrung geben,
Der, ohne Schmuck der Fabeln, mehr vergnügt,
Als Phantasie, die schwindlicht sich verfliegt.
Sein heilig Lied entreisse sich dem Staube!
Doch müss' es wahr, und, wie der Christen Glau-
be,
Hoch ohne Schwulst, in edler Einfalt schön
Und rührend seyn; und iedes Herz erhöhn!
Wie? dürfte sich, in christlichen Gedichten,
Die Muse nicht nach ienen Regeln richten,
Die Griechenland auf Romuls grosse Stadt
Und uns gebracht, Vernunft gebilligt hat?
Die schreiben schön, die gleich den Alten schrei-
ben:
Sollt ihr Geschmack nicht unser Vorbild bleiben?
Wer ihn verläßt, verläßt auch die Natur,
Verläßt mit ihr der wahren Schönheit Spur.
Wie traurig ists, daß Deutsche dich verlassen,
Und, o Natur, der Regeln Herrschaft hassen!
Schmink ist ihr Reiz, ihr Witz ist Künsteley:
Sie fallen ab, ich bleibe dir getreu.

R 3   Ich

Ich schwör es dir bey Hagedorns Altären!
.: Er ist entrückt zu glänzend höhern Sphären:
Doch Deutschland brennt, auf ewigem Altar,
Dem Weihrauch an, der Deutschlands Zierde war,
Auf seinem Pfad soll meine Muse wandeln,
Und sollte mich der gröbste Spott mishandeln!
Ich schweige nun und flieh aus einem Streit,
Wo Thorheit schmäht und falscher Eifer schreyt.

In Augen, die nur drohn und stets vor Eifer brennen,
Kann ich den milden Glanz der Tugend nicht erkennen.

Moralische Briefe S. 24.

www.ingramcontent.com/pod-product-compliance
Lightning Source LLC
Chambersburg PA
CBHW030636030726
47497CB00006B/1809